老城记

沪上风情

老上海

LAO SHANGHAI

鲁迅 等著

中国文史出版社
CHINA CULTURAL AND HISTORICAL PRESS

图书在版编目（CIP）数据

老上海：沪上风情 / 鲁迅等著 . -- 北京：中国文
史出版社，2023.3
（老城记）
ISBN 978-7-5205-3912-8

Ⅰ . ①老… Ⅱ . ①鲁… Ⅲ . ①散文集—中国—当代
Ⅳ . ① I267

中国版本图书馆 CIP 数据核字（2022）第 205129 号

责任编辑：高贝

出版发行： 中国文史出版社

社　　址： 北京市海淀区西八里庄路 69 号院　　邮编：100142

电　　话： 010-81136606　81136602　81136603（发行部）

传　　真： 010-81136655

印　　装： 廊坊市海涛印刷有限公司

经　　销： 全国新华书店

开　　本： 787mm×1092mm　1/16

印　　张： 17

字　　数： 190 千字

版　　次： 2023 年 3 月北京第 1 版

印　　次： 2023 年 3 月第 1 次印刷

定　　价： 52.80 元

目 录

第三辑　休闲娱乐

名园古刹

第一辑

上海最早的楼台亭阁和园林

郑逸梅

　　最近在纪念上海成立七百周年，以我国悠久的文化渊源，这七百年是不算很长的，因之古迹名胜要找到很久以前的，上海也并不多见。在我幼时，曾随祖父游览了一些地方。那时在 20 世纪，靠近西门大境路有一座丹凤楼，沿着城墙脚有十数间屋子，内供关帝和其他神像，有一块石牌坊，其上刻着一副对联："千江有水千江月，万里无云万里天。"楼头有炮数架，是太平天国时代清兵用以防守的。在吴友如画报上，曾有一幅《丹凤守御图》，画的就是这个。至于台，较为古旧的有万军台，在今新开河畔，这台筑得很高，陟登其上，南黄浦一片浩渺，危樯矗列，大有巴陵岳阳楼朝晖夕阴、气象万千之概。台名万军，顾名思义，大约也因战事而设。

　　谈到亭，当然要推豫园的湖心亭了。亭翼然而立，在水中央，有九曲桥可以通达，这桥目前是用水泥造成的，过去却是石桥，旁设木栏杆，饶有画意。池中植莲，堂前临大池，夏时红莲盛开，面面皆花，绛霞炫目。可惜在道光二十二年，英兵占据城隍庙，九曲桥头所植红莲首遭厄运，后来池中已找不到翠盖红裳，只有人家放生的鳞介了。湖心亭设炉卖茶，一些书画家、文人，住在南市的，大都天天在此集会，品茗谈艺。

阁的代表，当推老北门旧校场的沉香阁。这阁历年虽久，可是尚不倾圮，杨东山的高足凡若干人，组织素月书画社，一度设在其中。其他如三茅阁，沿着洋泾浜，中供三茅君的像，香火很盛，如今阁址早已废弃了，但三茅阁桥的地名尚在人们口中。又青莲阁也有相当历史，最初开设在四马路画锦里西，即后来世界书局地址（今为外文书店）。楼上卖茶，楼下百戏杂陈，是大众化的游艺场。二十年代初，因该处需房屋翻建，青莲阁才迁至大新街口去，情况与前大不相同了。

以上是上海最早的楼、台、亭、阁。在园林方面，最早的是味莼园和愚园。味莼园在静安寺路，原来是洋人格龙的别墅。清光绪八年，由无锡张鸿禄购得，取名"味莼园"，又名"张园"。占地二十余亩，后逐年拓展至七十余亩，有广厦一所，名"安垲第"，极宏敞，可宴请千人，西南隅有高楼，可作远望。自光绪十一年开放供人游览，约历三十年而停止。我国著名武术家霍元甲，在张园即以其武功吓退了洋人大力士的挑衅。今南京西路（茂名北路泰兴路间）为其旧址。愚园原在静安寺东北角半里地，清光绪十六年，四明张氏所创葺，后几经易主，民国成立五六年该园已废，如今愚园路即因此园而得名。园未废时，假山上有花神阁，春秋佳日，游客甚众。愚园一度为常州人刘葆良所有，园中亭台竹木之胜，和张园的一味空旷，大不一样，又蓄着动物猩猩、孔雀、吐缓鸡等，以供游客观赏。南社同人的雅集，常假座愚园。柳亚子的《南社纪略》中也记载："清宣统三年辛亥正月望日，正午十二时，第四次雅集，在上海愚园杏花村举行。"我虽也是南社社员，但那时尚未加入，未能参加其雅集。

另外再有一个徐园，主人徐凌云，很风雅，在园内办了兰花会、菊花会、杜鹃花会、昆曲会、书画会，盛极一时。该园原来在新闸桥北老唐家弄的，后移到康脑脱路（今康定路），地址小了不少，至抗战后拆去了。大西路（今延安西路）有留园，较为空旷，适宜夏日纳凉，晚间有京剧、影戏等通宵达旦，供人玩乐。再有亨白花园，是为了抢夺留园生意而开设的，暑夜开放，也是百戏杂陈，但不久就关闭了。至于叶家花园、半淞园寺，那是后来的事了。

公共租界的公园

胡道静

外滩公园

这是一所著名的夏天晚上的纳凉地，因为它三面临着黄浦江的缘故。它的地皮原来是英国驻沪领事馆前面的涨滩，由于泥沙累积于一只沉沦的破船片上而逐渐升起（当今公园中设音乐台的附近，就是昔日沉舟的地方）。按照 1854 年（清咸丰四年）洋泾浜北首外人租界地皮章程第五款推论，这种地方是应该让给公众用的。到 1862 年（清同治元年），上海运动事业基金董事会票决划用规银 1 万两来把这个沙滩布置成为公园。1864 年（清同治三年），英领署同意这个计划，附有一项保留权，就是：若使这个花园一旦不作公众游憩之用时，这地皮应立刻归还英领署。1866 年（清同治五年）工部局交割券据后，即用洋泾浜中挖起的泥来填平这沙滩而辟为公园，至 1868 年 8 月 8 日（清同治七年六月二十日）开放。

外滩公园的原名是 Public Park，所以从前有人家译为"公家花园"。

华人公园

傍苏州河，在四川路与博物院路之间，也是一块涨滩。1890年（清光绪十六年）由工部局遵上年度纳税人会决议案建为公园。但经上海道交涉，声明涨滩均属中国官地，不能由外人任意处置；不过同时答应这块官地可以改作公用之地。另一方面，昔年公家花园落成后，只允外人入内游览，拒绝华人，因此屡遭抗议，工部局总以园小不能容纳许多华人为辞，现在新建之园，地皮权既生周折，于是趁此机会，规定这个公园是对中外一律公开的，定名为"新公园"，英名 New International Garden。次年，复改名华人公园（Chinese Garden）。

昆山花园

在乍浦路、昆山路及文监师路毗连处，1895年（清光绪二十一年）间工部局建。这个公园是专门供给儿童用的，成人除保证儿童进内者外，不得享受权利。该园的地位是在中心地点，因此成人住户欲往休憩的很多，至1930年（民国十九年）夏季，工部局园地监督曾接有请愿书一通，请求让该园自下午7时至12时开放，凡执有公园年券者，允许入内游憩。当局考虑在此时间内不致因人数太多喧宾夺主，就批准试办。

园地监督

在说下面虹口、兆丰等公园之前，得先介绍工部局的园地监督。

工部局因园地日多，并且还有待于开辟的，乃觉得非设专职聘用专家管理经营不可。因于 1899 年（清光绪二十五年）设园地监督一职。1905 年（清光绪三十一年）聘苏格兰人麦克利（Macgregor）就此任。麦氏为园艺及植物专家，临事以后，努力进行，虹口、兆丰两公园的宏规巨模，都是他一手经营成的。在任 25 年，迄 1929 年（民国十八年）6 月告老返国。当时知道他的都以他去职为惋惜。

现在的工部局园地监督是克耳氏（W. J. Kerr）。

虹口公园

虹口公园与其说它为一个花园，毋宁说它是一所运动场来得公允。它里面有着高尔夫球场、网球场、曲棍球场、篮球场、足球场、草地滚球场和棒球场，而各项运动者亦按着玩球的季节川流不息地出进其中。进了门是一条 20 尺广的通道，夹在木兰花行中。当前展开着一片宏大的草地，为远东最精美者，它的直径有 320 尺，在上面散步真是愉快之至。中间被一条小流隔断，复被一座乡村式的木桥接连起来。一个音乐台置在丛林之中，到了夏天的晚上，工部局弦乐队就在此地演奏。沿着走道种的英国槐树，夹竹桃，开花的桃树和一些非本地所产的植物，以不同的角度布置，使它既庇荫又透光。北段植着一篱笆常青和荚蒾，五月开花之时，蔚为奇观。东面以长湖为界，那一边就是靶子场了。

1896 年（清光绪二十二年）工部局在北四川路界外地（N. Szechen Road Extension）购地造靶子场，因面积宽大，于 1905 年（清光绪三十一年）加辟公园，由园地监督麦克利设计和布置，至 1909 年（清宣统元年）始见完备。1917 年（民国六年）复加地 30 华亩。

日本人称虹口公园为"新公园"（シンコェ）。

汇山公园

在华德路韬朋路衔接处。1911 年 6 月 30 日（清宣统三年六月初五日）启门；这又是麦克利氏的胜利之一。园的西端连着"荷兰花园"，被篱笆和黄杨木业隔开。园内主要的走道翼着青草地，这青草地曾经允许借给杨树浦滚球总会做球场。主要走道的尽头处是一个成团的百合花池，当开花的季节是一幅极可爱的景象。这个公园虽小，但布置得很费巧思。

兆丰公园

这是一个将近 50 英亩约 300 华亩的大公园，而且专门为植物之种植所独占，不做运动的场地。

该园的一部分本来是兆丰花园的旧址。兆丰花园是西商霍克（E. J. Hogg）的私园，于 1911 年（清宣统三年）得价 14 万，并入圣约翰大学；而极司菲尔路南端的一部分则为工部局所购得。

工部局既得兆丰花园极司菲尔路迤南基址后，展拓至数百华亩，南出白利南路。1914 年（民国三年）3 月 20 日纳税外人会议由麦克李亚的提议和庇亚士的附议通过下列案："授权工部局使用选择权于新近收买到的位于极司菲尔路的一方地，以及附近地段当收买得时，概应布置成一个公众的风景园地和植物园地的核心。"

于是工部局园地监督提出报告书，计划可以布置成三种特殊情状：（一）一个旷野的花园，包括树林、草地、湍流和小湖，愈是乡村风味愈好，再要一块理想的地点做"劈克尼克"和其他集会之用；（二）植物的园林，包括一个中国树木的代表集团，尽可能地搜集使之完备，成为世界上的最大的和最有趣味的中国植物标本集团；（三）装饰的部分，那是照我们的意念用显著的风格，包括广大的草地、植树夹荫的大道、喷水泉和适当的雕像。此外也必须要一个养鸟房可使中国的鸟类能集居于此，同时亦要一个"动物部"。

这个计划是如此之大，是一时怎么也实现不来的，但是 20 年来的经营使兆丰公园成为上海唯一丰富的公园，里面树木花草种类极多，所以一年四季都有花开着，若使一个植物家去游览，必定感到极大的兴趣。动物园部分也已收录了许多远东的兽类，所以喜欢开开眼界的朋友，都愿意游这一举两得的公园。

兆丰公园英文名 Jessfield Park，正式译名应作极司菲尔公园，可是一般都称为兆丰公园，即工部局年报华文本亦如是，这是仍用昔日"兆丰花园"的旧称故也。又有人呼它为梵王渡公园，因为它傍着梵王渡火车站的缘故。

司德兰园

这是在汇山路的一个儿童游戏场，1918 年（民国七年）成立。

胶州公园

1931 年（民国二十年），工部局因公共租界人口日增，旷场显见不够，议于各区添辟公园，因为地价高昂之故，只在西区新加坡路胶州路成交地皮 25 华亩，新辟一园，一切布置照汇山公园的办法。于 1935 年（民国二十四年）5 月 12 日开幕。

开放经过

工部局所开辟的公园，虽在我国土地上，向来却不许我国人民进去游览，这是十分令我们愤怒不平的事情。交涉开放的事情，从 1885 年（清光绪十一年）就开始，这年 11 月 25 日（十月十九），就有颜永京、唐景星等向工部局提议使浦滨公家花园给予华人平等待遇，工部局方面置之不理。到 1889 年（清光绪十五年）夏，唐茂枝、吴虹玉等又呈道宪向英国领事交涉，结果，工部局允发给执照，这种执照并不取费，但每张只能作一星期用，且为数甚少，日子久后，虽然有此办法也等于没有办法了。此后工部局所设公园日多，但中国人均无权享受，自 1910 年（清宣统二年）城自治公所提议交涉起，不知费了几许辩论与请求，直至 1928 年（民国十七年），纳税外人年会始通过公园开放案，从这年 7 月 1 日起，外滩、虹口、兆丰三公园实行对华人开放，同时开始售票制度：年券售价 1 元，零券每次铜圆 10 枚。

华人公园仍旧无条件开放，进去休憩的据报告多为中国的苦力（1933 年工部局年报）。

1929 年（民国十八年）6 月 1 日，零券售价增至小银圆 2 角，江苏特派交涉公署表示反对，但没有生效。1936 年（民国二十五年）元旦起，售价又改为大洋 2 角（即国币 20 分）。

1931 年（民国二十年）9 月 1 日，汇山与司德兰两园也宣布对中外平等开放。

1933 年（民国二十二年）4 月 26 日，工部局董事会尝议及增加公园年券价至 2 元，经各委员研究之下，认为不必要，所以一时尚不实行。

外滩公园

木　也

一个小公园

如果您会在初春或深秋的黄昏，独个儿到外滩公园面浦的椅子上去坐一会儿，那么，我相信，您便会觉得外滩公园是有着上海别的公园所没有的优点在。可是，如果一到天气炎热，大家纷纷去那里乘凉的时候，外滩公园便会给您另一种印象了，因为挤满了人，您不得不更敏锐地觉得它是太小，照上海人的说法，说它"小得真真一眼眼"，是一点也不过分。

名称却很多

可是，虽然只是一个小公园，外滩公园——就单说名称吧，倒是不少。除了我们现在惯说的"外滩公园"这一个名称以外，据记者在中外各种书籍报纸上所见，还有下列六个：

一、Bund Garden。

二、外国花园。

三、公家花园。

四、大桥公园。

五、外摆渡公园。

六、黄浦滩公园。

原来还是上海第一个正式公园

您或许要问了："为什么外国花园和公家花园也算是单指外滩公园而说的呢？这，怕是弄错了吧？"

我说，并没弄错。原来在 50 多年前，上海的公园压根儿便只有那一个。所以，外滩公园，可别小觑它，却的的确确是上海的第一个公园——不，是上海第一个正式公园。为什么说是正式公园？这是因为在外滩公园筑造之前，早已有了跑马场，场内有西人游息散步之处，曾被称为"跑马场及公园"的。

地皮是中国官地

上海这第一个正式公园，在筑造的时候，曾经发生过一点纠纷。我们不妨从头说它一说。

沿黄浦一带，本来淤泥积成了浅滩；英领事署的前面，因为是黄浦江跟吴淞江合流之处，又曾有船沉没在那里过，所以淤积得特别厉害。1865 年（同治四年），工部局把从外摆渡到今北京路那一带的泥滩，整成平地，辟为公园。这事直到 1868 年 6 月

（同治七年闰四月）才由英领文极司脱（C. A. Winchester）致函道台，说这一块地已经工部局填好，共计30亩4分7厘3毫，作为娱乐用处，决不造屋营利，应请道台豁免钱粮。但是沿浦涨滩，应该是中国"官有"的地皮，不能让工部局随便处置的；所以问题不应该是豁免钱粮与否。然而道台大概感到实际上的困难吧，便用婉转的话答应了，他写给英领说："其地虽为工部局所填屯，仍系中国官有，论理须征钱粮。惟该地位于英领署前，填高以为娱乐之所，设亭建阁，不属营利性质，故即以洋商不得或租或赁，造屋牟利为条件准其豁免钱粮。如不遵守，地即充公，此纸作废，衡情行事。"（借用上海市通志馆期刊第三期蒯世勋译文）

这便是外滩公园。

1884年（光绪十年）及以后，工部局又屡次填平吴淞江口的滩岸来扩大公园，虽经道台提出交涉，有过小小的纠纷，可是结果总是道台让步，先后又一共让与吴淞江口官地一亩八分。

华人却不许入内

虽然地皮是中国官地，填地和造园的经费也出自中外居民所纳捐税，然而外滩公园是跟以后所造的几个公园一样，不许华人入内，甚至园门口还挂着极侮辱华人的牌子。这些事，虽是健忘的人，也不至于已经忘掉了吧？

现在可以去顺便看纪念碑

直到1928年（民国十七年）起，华人才可以到公共租界各公园去玩，只要购买门票。如果您以前没注意过，那么现在到外滩公园去的时候，可以顺便去看看园里还有两块纪念碑：一在公园北面进口处，是纪念一个英国人叫马加礼（Augustus Ragnold Margary）的；一在园的南端，是纪念"常胜军"的。不过，说不定您不会全看到，因为寻起来不是顶容易的。

公园诗话

胡怀琛

一

法租界顾家宅公园，通称为法国公园，其北面近环龙路处，有一纪念碑，为纪念法飞行家环龙而作。环龙于 1911 年（清宣统三年）5 月 6 日，试演飞机于跑马厅，因失慎而跌毙。法人纪念他，于 1912 年将公园北面新辟的马路，题名为环龙路，并在园中建立此碑。

碑的两旁，刻有中国字道：

纪念环龙君！君生于 1880 年 3 月 12 日，籍隶法京巴黎；于 1911 年 5 月 6 日没于上海。

君为中国第一飞行家，君之奋勇及死义，实增法国之光荣。

碑的正面，另有法文诗一首。此诗已由友人译成华文，如下：

有了死亡，才有产生，

法国是受了这种痛苦，

使得他认得命运是在那儿！

荣福呵！跌烂在平地的人，

或没入怒涛的人！

荣福呵！火蛾似的烧死的人！

荣福呵！一切亡过的人！

这诗是根据原文直译的，译得很忠实而且很好。不过中西文字根本组织不同。倘然依照中国的古诗的习惯译出来，可以如下面的译法。

不死何由生？能堕始能飞。身经此患难，方知命所归。壮哉敢死者，千古有令徽！

这样的译法，照字面看，是不完备的；但重要的意思都已有了，不知读者以为如何。我再声明，我把此诗这样地译出来，不过是偶然高兴弄，并不是有意主张这种译诗法。

二

又有某西人做的一首兆丰公园的英文诗，照原文直译如下：

阳光儿吻着园儿，小鸟儿唱着快乐的歌儿；

你在这园儿里偎着上帝的心儿，

不拘在那一地段上儿。

我们若把它照中国的古诗译出来如下：

明旭发和照，时鸟流清音。于此纵徜徉，默契造物心。

照字面看，实在相差得太远了，但是意思是不差的。三、四两行，由英文译成中文，尤必须倒置才对。

静安寺讲话

吴静山

静安寺，《大清一统志》作静安教寺，初在沪渎，名沪渎重元寺。秦荣光《上海县竹枝词》咏静安寺有句云："寺从淞北徙淞南，陈桧吴碑故老谈……"是说起初的寺原在吴淞江北岸的。据杨潜《绍熙云间志》说："按寺记，吴大帝赤乌中建。"考吴地有寺庙，始于247年（吴赤乌十年），其年有一位康竺国的僧人，名字叫作会的，首先走到吴地，孙仲谋为立寺于建业，寺名建初，表示江东初有佛寺的意思。沪渎重元寺，或者就在那时候相继创建了。如果真有杨潜所说的寺记，那么静安寺的存在，已有1680多年的历史，不但是上海最古的一座佛寺，同时也是全吴地最古佛寺之一。

寺在唐朝曾一度改名为永泰禅院，见《景筠石幢记》。至于改名的原因，现已无从查考。

到1008年（宋大中祥符元年），因避宋太祖讳改名静安寺，一直到现在，庙额仍旧。

1216 年（南宋嘉定九年），因旧寺地址逼近江岸，波涛冲激，屋舍有倾圮之虞，于是由寺僧仲依迁移至芦浦旁的沸井浜，就是现在的寺址。

元明以来，屡修屡圮，到 1778 年（清乾隆四十三年），歙人孙思望又倡捐重修。光绪初，大殿又圮，僧鹤峰募捐改建，迨动工拆卸后，因捐资不继，停顿多年。1880 年（清光绪六年）本地绅士姚曦、浙商胡雪岩等复倡捐资助，工程始告完竣。1884 年（清光绪十年）寺僧正生重建两庑，并饰治全寺，庙貌焕然一新。1921 年（民国十年）僧常贵及绅董姚文栋等，将寺产积余资金增建三圣殿。

寺基共 25 亩，乾隆元年免科。

寺旧有二石像，《释迦方志》云："西晋建兴元年，有二石像浮于吴淞江口，吴人朱膺等迎至沪渎重元寺，像背题曰维卫，曰迦叶。"《松陵集》载："建兴八年，渔者于沪渎沙汭获石钵，以为臼类，辇而用之。佛像见于外，渔者异之，乃以供二圣。"后俱迁于吴门开元寺，即现时俗所称的北寺。考梁简文帝《石像碑记》及元周弼《静安寺记》，与以上所记大致略同，但读唐陆广微的《吴地记》，似石像直接载至吴郡，未尝迎置沪渎，这一段公案，只好留待以后再考了。

寺又有毗卢遮那佛像，为吴越王瑜伽道场中所供，其五脏皆书钱氏妃嫔姓名，在周弼作记时，佛像尚完好。

静安寺的赤乌碑、陈朝桧、讲经台、虾子潭、涌泉、绿云洞、沪渎垒及芦子渡，称为"静安八景"。赤乌碑相传在重元寺，嘉定中寺迁而碑未及徙，遂为江水啮没，惟《绍熙云间志》及至元《嘉禾志》俱不载有此碑，故后人颇疑其为乌有，现时亦难考究了。陈朝桧有二株，亦在重元寺，今亦无可考，讲经台是嘉定中僧仲依所筑的土台，为聚徒讲习之用，在静安寺，遗址亦不存。虾子潭原在静安寺前，宋寺僧智俨啖虾一斗，后渔者索钱，乃吐虾于潭，虾仍活但少芒，自后潭中遂产无芒虾。民国八年工部局将沸井浜填塞，虾遂绝迹。涌泉在静安寺前，俗呼沸井，亦曰海眼，同治十三年重筑石栏护持，有胡公寿题"天下第六泉"字样，今尚存。绿云洞是元僧寿宁栖息之所，外植桧竹桐柏，有赵子昂题额，今亦不存。沪渎垒为晋虞潭防海寇所筑，袁崧复加修葺以御孙恩，共有东西二城，东城在元代没于江，西城又名芦子城，今亦不见。芦子渡就是沪渎垒旁边的津渡，今静安八景有遗迹可寻的，不过涌泉一景罢了。

城隍庙礼赞

楼适夷

四五十部黄包车，接连地由小东门长驱西进，车上坐的都是高鼻子、蓝眼睛的西洋人，据说是外国来的什么观光团，往城隍庙去观光的。外国人毕竟聪明些，他知道沿外滩一带的高大的白石房子，霞飞路的绿灯红楼，都只是上海的皮毛，要真正地认识上海的心脏，就得上城隍庙去。

城隍庙里熏腾着的香烟，用钢骨三合土重建的黄墙雕角的殿堂里，巍然地坐着穿宋朝服装的城隍菩萨，但是在他面前低首膜拜的，却是身洒巴黎香水，足踏花旗皮鞋，头发烫成一九三三年式的摩登太太。她们倒是的确懂得中学为体、西学为用的，也跟坐福特飞机的将军，还是一心礼贤下士，摆擂台召四海英雄，征求飞檐走壁人才，以便共赴国难一样。

城隍庙是最大众化的娱乐所。好像上海的高等华人有他们的明园，丽娃丽妲村一样，上海的低等华人，就有他们的城隍庙。三五个铜子一本的小书，里面有画有字，讲的都是侠客剑仙，路见不平，就会拔刀相助，在动不动就得吃外国"火腿"、中国耳光的社会里，这些英雄当然是极大的安慰，于是就有些商店里的小伙计，立志到峨眉山去修道，以便回来时向他的师傅先生报仇雪恨，还可以打东洋人，救国。其次是六个铜板看一看大头人、小头人、蜘蛛精这些东西，对于甚至花不起二毛钱到电影院看好莱坞大腿的人，是极好的代替品，它跟好莱坞大腿一样，都可以使人忘记痛苦的现实，得到享乐的陶醉。

城隍庙又是大众化的先施、永安，只有在玻璃柜外望望百货商店的大多数的上海人，在城隍庙可以满足他的欲望。两角钱一只的玻璃戒指，也会亮晶晶地发光，于是虽然看见金刚钻戴在别人的身上，但自己也可以拿玻璃光来安慰安慰，用不着对别人起什么不平之感。

城隍庙更代替了皇家饭店和沙利文，据说常熟酒酿圆子、南翔馒头、白糖藕粥、面筋百叶，那种滋味是遍天下找不到的，但城隍庙里可以使你满足。黑漆漆的人群，围满了黑漆漆的摊子，和着苍蝇与一切细菌的种子，狼吞虎咽地把这些美味送进饥饿的肚子里去，培养起强有力的抗毒素，与病菌作长期抵抗。据说这就是中华民族独特的延续种族的本领。

如果你有兴致，再跑上春风得意楼或湖心亭去喝茶，你更会认识中国民族性的伟大，臭气腾腾的小便处旁，有人正品茗清谈，或独坐冥想，一片喧蒸的人声热汗之中，有人正在拉着胡琴奏乐，或吹着洞箫诉情。有些人面对着行人杂沓的街巷，提着秀眼笼吊嗓子，有些人拿着几张小报，随手抓一些五香南瓜子、甘草黄连头送进嘴里。

虽在闹市，如绝尘嚣，参透了这儿的三昧，才够得上做一个中华伟大国的顺民。但是这种精神，据说也有来源，那便是城隍庙里的一个湖。这湖上有九曲栏杆的九曲桥，桥底下流着泥汤一样的水，被日光蒸发着，发着绿黝黝的光面，放着一阵阵的恶臭。日本的文学家芥川龙之介，曾经亲眼看见有人在这湖里放尿，其实比尿更丑恶万分的东西，都往这湖里丢。但这是列名在中国大观里的名胜佳境（亦犹万里长城虽被敲指为"新兴满洲国"的新疆界，而在收复的决心之下，总还是中国的名胜一样），所以居住在这湖水里的乌龟，依然相信自己是在名胜佳境里，悠然自得地游来游去，有时候虽抬起头来在水面上喘喘气，或许也觉得恶浊得不好过，但一会儿又把头低下去，快活地顺受下去了。

乌龟的这种伟大的精神，的确对中华民族作了伟大的贡献。所以城隍庙最后还是一个上海民众教育馆。

怪不得几年前被火烧了一次，许多缙绅先生都慷慨解囊，立刻把它重建起来了，更怪不得到上海来观光的西洋人，首先要观光城隍庙！

文坛逸事

第二辑

上海文艺之一瞥

——八月十二日在社会科学研究会讲

鲁 迅

上海过去的文艺，开始的是《申报》。要讲《申报》，是必须追溯到六十年以前的，但这些事我不知道。我所能记得的，是三十年以前，那时的《申报》，还是用中国竹纸的，单面印，而在那里做文章的，则多是从别处跑来的"才子"。

那时的读书人，大概可以分他为两种，就是君子和才子。君子是只读四书五经，做八股，非常规矩的。而才子却此外还要看小说，例如《红楼梦》，还要做考试上用不着的古今体诗之类。这是说，才子是公开地看《红楼梦》的，但君子是否在背地里也看《红楼梦》，则我无从知道。有了上海的租界，——那时叫作"洋场"，也叫"夷场"，后来有怕犯讳的，便往往写作"彝场"——有些才子们便跑到上海来，因为才子是旷达的，哪里都去；君子则对于外国人的东西总有点厌恶，而且正在想求正路的功名，所以决不轻易地乱跑。孔子曰，"道不行，乘桴浮于海"，从才子们看来，就是有点才子气的，所以君子们的行径，在才子就谓之

"迂"。

才子原是多愁多病，要闻鸡生气，见月伤心的。一到上海，又遇见了婊子。去嫖的时候，可以叫十个二十个的年轻姑娘聚集在一处，样子很有些像《红楼梦》，于是他就觉得自己好像贾宝玉；自己是才子，那么婊子当然是佳人，于是才子佳人的书就产生了。内容多半是，唯才子能怜这些风尘沦落的佳人，唯佳人能识坎坷不遇的才子，受尽千辛万苦之后，终于成了佳偶，或者是都成了神仙。

他们又帮申报馆印行些明清的小品书出售，自己也立文社，出灯谜，有入选的，就用这些书做赠品，所以那流通很广远。也有大部书，如《儒林外史》《三宝太监西洋记》《快心编》等。现在我们在旧书摊上，有时还看见第一页印有"上海申报馆仿聚珍板印"字样的小本子，那就都是的。

佳人才子的书盛行的好几年，后一辈的才子的心思就渐渐改变了。他们发现了佳人并非因为"爱才若渴"而做婊子的，佳人只为的是钱。然而佳人要才子的钱，是不应该的，才子于是想了种种制伏婊子的妙法，不但不上当，还占了她们的便宜，叙述这各种手段的小说就出现了，社会上也很风行，因为可以做嫖学教科书去读。这些书里面的主人公，不再是才子＋（加）呆子，而是在婊子那里得了胜利的英雄豪杰，是才子＋流氓。

在这之前，早已出现了一种画报，名目就叫《点石斋画报》，是吴友如主笔的，神仙人物，内外新闻，无所不画，但对于外国事情，他很不明白，例如画战舰罢，是一只商船，而舱面上摆着野战炮；画决斗则两个穿礼服的军人在客厅里拔长刀相击，至于将花瓶也打落跌碎。然而他画"老鸨虐妓""流氓拆梢"之类，却实在画得很好的，我想，这是因为他看得太多了的缘故；就是在现在，我们在上海也常常看到和他所画一般的脸孔。这画报的势力，当时是很大的，流行各省，算是要知道"时务"——这名称在那时就如现在之所谓"新学"——的人们的耳目。前几年又翻印了，叫作《吴友如墨宝》，而影响到后来也实在厉害，小说上的绣像不必说了，就是在教科书的插画上，也常常看见所画的孩子大抵是歪戴帽，斜视眼，满脸横肉，一副流氓气。在现在，新的流氓画家又出了叶灵凤先生，叶先生的画是从英国的毕亚兹莱（Aubrey Beardsley）剥来的，毕亚兹莱是"为艺术的艺术"派，他的画极受日本的"浮世绘"（Ukiyoe）的影响。浮世绘虽是民间艺术，但所画的多是妓女和戏子，胖胖的身体，斜视的眼睛——Erotic（色情的）眼睛。不过毕亚兹莱画的人物却瘦瘦的，那是因为他是颓废派（Decadence）的缘故。颓废派的人们多是瘦削的，颓丧的，对于壮健的女人他有点惭愧，所以不喜欢。我们的叶先生的新斜眼画，正和吴友如的老斜眼画合流，那自然应该流行好几年。但他也并不只画流氓的，有一个时期也画过普罗列塔利亚，不过所画的工人也还是斜视眼，伸着特别大的拳头。但我以为画普罗列塔利亚应该是写实的，照工人原来的面貌，并不须画得拳头比脑袋还要大。

现在的中国电影，还在很受着这"才子＋流氓"式的影响，里面的英雄，作为"好人"的英雄，也都是油头滑脑的，和一些住惯了上海，晓得怎样"拆梢""揩油""吊膀子"的滑头少年一样。看了之后，令人觉得现在倘要做英雄，做好人，也必须是流氓。

才子＋流氓的小说，但也渐渐地衰退了。那原因，我想，一则因为总是这一套老调子——妓女要钱，嫖客用手段，原不会写

不完的；二则因为所用的是苏白，如什么倪＝我，耐＝你，阿是
＝是否之类，除了老上海和江浙的人们之外，谁也看不懂。

然而才子＋佳人的书，却又出了一本当时震动一时的小
说，那就是从英文翻译过来的《迦茵小传》（H. R. Haggard：Joan
Haste）。但只有上半本，据译者说，原本从旧书摊上得来，非常
之好，可惜觅不到下册，无可奈何了。果然，这很打动了才子佳
人们的芳心，流行得很广很广。后来还至于打动了林琴南先生，
将全部译出，仍旧名为《迦茵小传》。而同时受了先译者的大骂，
说他不该全译，使迦茵的价值降低，给读者以不快的。于是才知
道先前之所以只有半部，实非原本残缺，乃是因为记着迦茵生了
一个私生子，译者故意不译的。其实这样的一部并不很长的书，
外国也不至于分印成两本。但是，即此一端，也很可以看出当时
中国对于婚姻的见解了。

这时新的才子＋佳人小说便又流行起来，但佳人已是良家女
子了，和才子相悦相恋，分拆不开，柳荫花下，像一对蝴蝶，一
双鸳鸯一样，但有时因为严亲，或者因为薄命，也竟至于偶见悲
剧的结局，不再都成神仙了，——这实在不能不说是一个大进步。
到了近来是在制造兼可擦脸的牙粉了的天虚我生先生所编的月刊
杂志《眉语》出现的时候，是这鸳鸯蝴蝶式文学的极盛时期。后
来《眉语》虽遭禁止，势力却并不消退，直待《新青年》盛行起
来，这才受了打击。这时有伊孛生的剧本的绍介和胡适之先生的
《终身大事》的别一形式的出现，虽然并不是故意的，然而鸳鸯
蝴蝶派作为命根的那婚姻问题，却也因此而诺拉（Nora）似的跑
掉了。

这后来，就有新才子派的创造社的出现。创造社是尊贵天才

的，为艺术而艺术的，专重自我的，崇创作，恶翻译，尤其憎恶重译的，与同时上海的文学研究会相对立。那出马的第一个广告上，说有人"垄断"着文坛，就是指着文学研究会。文学研究会却也正相反，是主张为人生的艺术的，是一面创作，一面也看重翻译的，是注意于绍介被压迫民族文学的，这些都是小国度，没有人懂得他们的文字，因此也几乎全都是重译的。并且因为曾经声援过《新青年》，新仇夹旧仇，所以文学研究会这时就受了三方面的攻击。一方面就是创造社，既然是天才的艺术，那么看那为人生的艺术的文学研究会自然就是多管闲事，不免有些"俗"气，而且还以为无能，所以倘被发现一处误译，有时竟至于特做一篇长长的专论。一方面是留学过美国的绅士派，他们以为文艺是专给老爷太太们看的，所以主角除老爷太太之外，只配有文人、学士、艺术家、教授、小姐等等，要会说 Yes，No，这才是绅士的庄严，那时吴宓先生就曾经发表过文章，说是真不懂为什么有些人竟喜欢描写下流社会。第三方面，则就是以前说过的鸳鸯蝴蝶派，我不知道他们用的是什么方法，到底使书店老板将编辑《小说月报》的一个文学研究会会员撤换，还出了《小说世界》，来流布他们的文章。这一种刊物，是到了去年才停刊的。

创造社的这一战，从表面看来，是胜利的。许多作品，既和当时的自命才子们的心情相合，加以出版者的帮助，势力雄厚起来了。势力一雄厚，就看见大商店如商务印书馆，也有创造社员的译著出版，——这是说，郭沫若和张资平两位先生的稿件。这以来，据我所记得，是创造社也不再审查商务印书馆出版物的误译之处，来作专论了。这些地方，我想，是也有些才子＋流氓式的。然而，"新上海"是究竟敌不过"老上海"的，创造社员在凯歌声中，终于觉到了自己就在做自己的出版者的商品，种种努力，在老板看来，就等于眼镜铺大玻璃窗里纸人的睒眼，不过是"以广招徕"。待到希图独立出版的时候，老板就给吃了一场官司，虽然也终于独立，说是一切书籍，大加改订，另行印刷，重新开张了，然而旧老板却还是永远用了旧版子，只是印、卖，而且年年是什么纪念的大廉价。

商品固然是做不下去的，独立也活不下去。创造社的人们的去路，自然是在较有希望的"革命策源地"的广东。在广东，于是也有"革命文学"这名词的出现，然而并无什么作品，在上海，则并且还没有这名词。

到了前年，"革命文学"这名目这才旺盛起来了，主张的是从"革命策源地"回来的几个创造社元老和若干新分子。革命文学之所以旺盛起来，自然是因为由于社会的背景，一般群众，青年有了这样的要求。当从广东开始北伐的时候，一般积极的青年都跑到实际工作去了，那时还没有什么显著的革命文学运动，到了政治环境突然改变，革命遭了挫折，阶级的分化非常显明，国民党以"清党"之名，大戮共产党及革命群众，而死剩的青年们再入于被迫压的境遇，于是革命文学在上海这才有了强烈的活动。所以这革命文学的旺盛起来，在表面上和别国不同，并非由于革命的高扬，而是因为革命的挫折；虽然其中也有些是旧文人解下指挥刀来重理笔墨的旧业，有些是几个青年被从实际工作排出，只好借此谋生，但因为实在具有社会的基础，所以在新分子里，是很有极坚实正确的人存在的。但那时的革命文学运动，据我的意见，是未经好好地计划，很有些错误之处的。例如，第一，他们对于中国社会，未曾加以细密的分析，便将在苏维埃政权之下才能动用的方法，来机械地运用了。再则他们，尤其是成仿吾先生，将革命使一般人理解为非常可怕的事，摆着一种极"左"倾的凶恶的面貌，好似革命一到，一切非革命者就都得死，令人对革命只抱着恐怖。其实革命是并非教人死而是教人活的。这种令人"知道点革命的厉害"，只图自己说得畅快的态度，也还是中了才子＋流氓的毒。

激烈得快的，也平和得快，甚至于也颓废得快。倘在文人，他总有一番辩护自己的变化的理由，引经据典。譬如说，要人帮忙时候用克鲁巴金的互助论，要和人争闹的时候就用达尔文的生存竞争说。无论古今，凡是没有一定的理论，或主张的变化并无线索可寻，而随时拿了各种各派的理论来作武器的人，都可以称之为流氓。例如上海的流氓，看见一男一女的乡下人在走路，他就说："喂，你们这样子，有伤风化，你们犯了法了！"他用的是中国法。倘看见一个乡下人在路旁小便呢，他就说："喂，这是不准的，你犯了法，该捉到捕房去！"这时所用的又是外国法。但结果是无所谓法不法，只要被他敲去了几个钱就都完事。

在中国，去年的革命文学者和前年很有点不同了。这固然由于境遇的改变，但有些"革命文学者"的本身里，还藏着容易犯到的病根。"革命"和"文学"，若断若续，好像两只靠近的船，一只是"革命"，一只是"文学"，而作者的每一只脚就站在每一只船上面。当环境较好的时候，作者就在革命这一只船上踏得重一点，分明是革命者，待到革命一被压迫，则在文学的船上踏得重一点。他变了不过是文学家了。所以前年的主张十分激烈，以为凡非革命文学，统得扫荡的人，去年却记得了列宁爱看冈却罗夫（I. A. Gontcharov）的作品的故事，觉得非革命文学，意义倒也十分深长；还有最彻底的革命文学家叶灵凤先生，他描写革命家，彻底到每次上茅厕时候都用我的《呐喊》去揩屁股，现在却竟莫名其妙地跟在所谓民族主义文学家屁股后面了。

类似的例，还可以举出向培良先生来。在革命渐渐高扬的时候，他是很革命的；他在先前，还曾经说，青年人不但嗥叫，还要露出狼牙来。这自然也不坏，但也应该小心，因为狼是狗的祖宗，一到被人驯服的时候，是就要变而为狗的。向培良先生现在在提倡人类的艺术了，他反对有阶级的艺术的存在，而在人类中分出好人和坏人来，这艺术是"好坏斗争"的武器。狗也是将人分为两种的，豢养它的主人之类是好人，别的穷人和乞丐在它的眼里就是坏人，不是叫，便是咬。然而这也还不算坏，因为究竟还有一点野性，如果再一变而为巴儿狗，好像不管闲事，而其实在给主子尽职，那就正如现在的自称不问俗事的为艺术而艺术的名人们一样，只好去点缀大学教室了。

这样地翻着筋斗的小资产阶级，即使是在做革命文学家，写着革命文学的时候，也最容易将革命写歪；写歪了，反于革命有害，所以他们的转变，是毫不足惜的。当革命文学的运动勃兴时，许多小资产阶级的文学家忽然变过来了，那时用来解释这现象的，是突变之说。但我们知道，所谓突变者，是说 A 要变 B，几个条件已经完备，而独缺其一的时候，这一个条件一出现，于是就变成了 B。譬如水的结冰，温度须到零点，同时又须有空气的振动，倘没有这，则即便到了零点，也还是不结冰，这时空气一振动，这才突变而为冰了。所以外面虽然好像突变，其实是并非突然的事。倘没有应具的条件，那就是即使自说已变，实际上却并没有变，所以有些忽然一天晚上自称突变过来的小资产阶级革命文学家，不久就又突变回去了。

去年左翼作家联盟在上海的成立，是一件重要的事实。因为这时已经输入了蒲力汗诺夫、卢那卡尔斯基等的理论，给大家能够互相切磋，更加坚实而有力，但也正因为更加坚实而有力了，就受到世界上古今所少有的压迫和摧残，因为有了这样的压迫和摧残，就使那时以为左翼文学将大出风头，作家就要吃劳动者供献上来的黄油面包了的所谓革命文学家立刻现出原形，有的写悔过书，有的是反转来攻击左联，以显出他今年的见识又进了一步。这虽然并非左联直接的自动，然而也是一种扫荡，这些作者，是无论变与不变，总写不出好的作品来的。

但现存的左翼作家，能写出好的无产阶级文学来么？我想，也很难。这是因为现在的左翼作家还都是读书人——智识阶级，他们要写出革命的实际来，是很不容易的缘故。日本的厨川白村（H. Kuriyagawa）曾经提出过一个问题，说：作家之所描写，必得是自己经历过的么？他自答道，不必，因为他能够体察。所以要写偷，他不必亲自去做贼；要写通奸，他不必亲自去私通。但我以为这是因为作家生长在旧社会里，熟悉了旧社会的情形，看惯了旧社会的人物的缘故，所以他能够体察；对于和他向来没有关系的无产阶级的情形和人物，他就会无能，或者弄成错误的描写了。所以革命文学家，至少是必须和革命共同着生命，或深切地感受着革命的脉搏的。（最近左联提出了"作家的无产阶级化"的口号，就是对于这一点的很正确的理解。）

在现在中国这样的社会中，最容易希望出现的，是反叛的小资产阶级的反抗的，或暴露的作品。因为他生长在这正在灭亡着的阶级中，所以他有甚深的了解，甚大的憎恶，而向这刺下去的刀也最为致命与有力。固然，有些貌似革命的作品，也并非要将本阶级或资产阶级推翻，倒在憎恨或失望于他们的不能改良，不能较长久地保持地位，所以从无产阶级的见地看来，不过是"兄弟阋于墙"，两方一样是敌对。但是，那结果，却也能在革命的潮流中，成为一粒泡沫的。对于这些作品，我以为实在无须称之为无产阶级文学，作者也无须为了将来的名誉起见，自称为无产阶级的作家的。

但是，虽是仅仅攻击旧社会的作品，倘若知不清缺点，看不透病根，也就于革命有害，但可惜的是现在的作家，连革命的作家和批评家，也往往不能，或不敢正视现社会，知道它的底细，尤其是认为敌人的底细。随手举一个例罢，先前的《列宁青年》上，有一篇评论中国文学界的文章，将这分为三派，首先是创造社，作为无产阶级文学派，讲得很长，其次是语丝社，作为小资产阶级文学派，可就说得短了，第三是新月社，作为资产阶级文学派，却说得更短，到不了一页。这就在表明：这位青年批评家对于愈认为敌人的，就愈是无话可说，也就是愈没有细看。自然，我们看书，倘看反对的东西，总不如看同派的东西的舒服、爽快、有益；但倘是一个战斗者，我以为，在了解革命和敌人上，倒是必须更多地去解剖当面的敌人的。要写文学作品也一样，不但应该知道革命的实际，也必须深知敌人的情形，现在的各方面的状况，再去断定革命的前途。唯有明白旧的，看到新的，了解过去，推断将来，我们的文学的发展才有希望。我想，这是在现在环境下的作家，只要努力，还可以做得到的。

在现在，如先前所说，文艺是在受着少有的压迫与摧残，广泛地现出了饥馑状态。文艺不但是革命的，连那略带些不平色彩的，不但是指摘现状的，连那些攻击旧来积弊的，也往往就受迫害。这情形，即在说明至今为止的统治阶级的革命，不过是争夺一把旧椅子。去推的时候，好像这椅子很可恨，一夺到手，就又觉得是宝贝了，而同时也自觉得自己正和这"旧的"一气。二十多年前，都说朱元璋（明太祖）是民族的革命者，其实是并不然的，他做了皇帝以后，称蒙古朝为"大元"，杀汉人比蒙古人还厉害。奴才做了主人，是决不肯废去"老爷"的称呼的，他的摆架子，恐怕比他的主人还十足，还可笑。这正如上海的工人赚了几文钱，开起小小的工厂来，对付工人反而凶到绝顶一样。

在一部旧的笔记小说——我忘了它的书名了——上，曾经载有一个故事，说明朝有一个武官叫说书人讲故事，他便对他讲檀道济——晋朝的一个将军，讲完之后，那武官就吩咐打说书人一顿，人问他什么缘故，他说道："他既然对我讲檀道济，那么，对檀道济是一定去讲我的了。"现在的统治者也神经衰弱到像这武官一样，什么他都怕，因而在出版界上也布置了比先前更进步的流氓，令人看不出流氓的形式而却用着更厉害的流氓手段：用广告，用诬陷，用恐吓；甚至于有几个文学者还拜了流氓做老子，以图得到安稳和利益。因此革命的文学者，就不但应该留心迎面的敌人，还必须防备自己一面的三番四复的暗探了，较之简单地用着文艺的斗争，就非常费力，而因此也就影响到文艺上面来。

现在上海虽然还出版着一大堆的所谓文艺杂志，其实却等于空虚。以营业为目的的书店所出的东西，因为怕遭殃，就竭力选些不关痛痒的文章，如说"命固不可以不革，而亦不可以太革"之类，那特色是在令人从头看到末尾，终于等于不看。至于官办的，或对官场去凑趣的杂志呢，作者又都是乌合之众，共同的目的只在捞几文稿费，什么"英国维多利亚朝的文学"呀，"论刘易士得到诺贝尔奖金"呀，连自己也并不相信所发的议论，连自己也并不看重所做的文章。所以，我说，现在上海所出的文艺杂志都等于空虚，革命者的文艺固然被压迫了，而压迫者所办的文艺杂志上也没有什么文艺可见。然而，压迫者当真没有文艺么？有是有的，不过并非这些，而是通电、告示、新闻、民族主义的"文学"、法官的判词等。例如前几天，《申报》上就记着一个女人控诉她的丈夫强迫鸡奸并殴打得皮肤上成了青伤的事，而法官的判词却道，法律上并无禁止丈夫鸡奸妻子的明文，而皮肤打得发青，也并不算毁损了生理的机能，所以那控诉就不能成立。现在是那男人反在控诉他的女人的"诬告"了。法律我不知道，至于生理学，却学过一点，皮肤被打得发青，肺、肝或肠胃的生理的机能固然不至于毁损，然而发青之处的皮肤的生理的机能却是毁损了的。这在中国的现在，虽然常常遇见，不算什么稀奇事，但我以为这就已经能够很明白地知道社会上的一部分现象，胜于一篇平凡的小说或长诗了。

除以上所说之外，那所谓民族主义文学，和闹得已经很久了的武侠小说之类，是也还应该详细解剖的。但现在时间已经不够，只得待将来有机会再讲了。今天就这样为止罢。

论"海派"

沈从文

最近一期的《现代》杂志上，有杜衡先生一篇文章，提到"海派"这个名词。由于北方作者提及这个名词时，所加于上海作家的压力，有失公道处，故那篇文章为"海派"一名词，有所阐发，同时也就有所辩解。看了那篇文章后，使我发生许多感慨。我同意那篇文章。

"海派"这个名词，因为它承袭了一个带点儿历史性的恶意，一般人对于这个名词缺少尊敬是很显然的。过去的"海派"与"礼拜六派"不能分开。那是一样东西的两种称呼。"名士才情"与"商业竞卖"相结合，便成立了吾人今日对于"海派"这个名词的概念。但这个概念在一般人却模模糊糊的。且试为引申之："投机取巧""见风转舵"。如旧礼拜六派一位某先生，到近来也谈哲学史，也自己说要"左倾"，这就是所谓海派。如邀集若干新斯文人，冒充风雅，名士相聚一堂，吟诗论文，或远谈希腊罗马，或近谈文士女人，行为与扶乩猜诗谜者相差一间，从官方拿到了点钱，则吃吃喝喝，办什么文艺会，招纳子弟，哄骗读者，思想浅薄可笑，伎俩下流难言，也就是所谓海派。感情主义的"左倾"，勇如狮子，一看情形不对时，即刻自首投降，且指认栽害友人，邀功牟利，也就是所谓海派。因渴慕出名，在作品以外去利用种种方法招摇，或与小刊物互通声气，自作有利于己的消息，或每书一出，各处请人批评，或偷掠他人作品，作为自己文章，或借用小报，去制造旁人谣言，传述攫取不实不信消息，凡此种种，也就是所谓海派。

像这样子，北方作家倘若对于海派缺少尊敬，不过是一种漠视与轻视态度，实在还算过于恕道了！一个社会虽照例必有这种无聊人类与这种下流风气存在，但这种人类所造成的风气，是应当为多数人所痛恶深恨，不能容忍它的存在，方是正当道理的。一个民族是不是还有点希望，也就看多数人对于这种使民族失去康健的人物与习气的态度而定。根据北方一般从事于文学者的诚朴态度说来，使我还觉得有点遗憾。过分的容忍，一面固可见出容忍的美德，然而严酷检讨与批判的缺少，实在就证明到北方从事文学者的懒惰处。虽各人皆知自重自爱，产生一种诚朴治学的风气，尚不能将那分纵容的过失卸去。照北方从事文学者的意思看来，用好风气纠正坏风气，应当是可能的一件事。我觉得这种办法不是个办法。我主张恶风气的扫除，希望这成为不拘南北真正对于文学有所信仰的友人一种责任。正因为莠草必须刈除，良苗方有苗茂机会。然而在南方，却有并不宜于从海派文人中讨取生活的现代编者杜衡君，来替上海某种人说话了。

这是杜衡君的错处。一面是他觉得北方从事文学者的观念，对于海派的轻视的委屈，一面是当他提到"海派"时，自己却俨然心有所慑，以为自己也被人指为海派了的。这是杜衡君的错误。

海派如果与我所诠释的意义相近，北方文学者用轻视忽视态度，听任海派习气存在或展开，就实在是北方文学者一宗罪过。这种轻视与忽视态度，便有他们应得的报应，时间一久，他们便会明白，独善其身诚朴治学的风度，不但难以纠正恶习，且行将为恶势力所毁灭，凡诚实努力于文学一般的研究与文学创作者，且皆会为海派风气从种种下流方法上，将每个人皆扮成为小丑的。且照我所谓海派恶劣德行说来，杜衡君虽住在上海，并不缺少成为海派作家的机会，但事实明明白白，他就不会成为海派的。不只杜衡君如此。茅盾、叶绍钧、鲁迅，以及若干正在从事于文学创作杂志编纂人（吃官饭的作家除外），他们即或在上海生长，且毫无一个机会能够有一天日子同上海离开，他们也仍然不会被人误认为海派的。关于海派风气的纠正与消灭，因为距离较近，接触较多，上海方面的作家，较之北方作家认识本题必更清楚，且更容易与之利害冲突，上海方面作家，应尽力与可尽力处，也必较之北方作家责任更多。杜衡君仿佛尚不明白这种事实，我却希望他已经明白这种事实。他不宜于担心别人误认他为海派，却应当同许多在上海方面可尊敬的作家一样，来将刊物注意消灭海派恶习的工作。

杜衡君，宜于明白的，就是海派作家及海派风气，并不独存于上海一隅，便是在北方，也已经有了些人在一些刊物上培养这种"人才"与"风气"。到底是北方，还不至于如上海那么稀奇古怪，然而情形也就够受了。在南方所谓海派呱呱叫的人物，凡在作品以外的卖弄行为，是早已不能再引起羞耻感觉，把它看成平平常常一件事情了的。在北方，则正流行着旁人对于作家糅合了好意与恶意的造谣，技巧古朴的自赞，以及上海谎话的抄袭。作者本人虽多以为在作品本题下，见着自己名字，便已觉得不幸，此外若在什么消息上，还来着自己名字，真十分无聊。然而由于读者已受了海派风气的陶冶，对于这人作品有所认识的，便欢喜注意这作者本人的一切。结果在作者方面，则凭空增加了若干受窘的机会，且对于陌生的会晤总怀了恐惧，在读者方面，则每日多读到了些文人的"起居注"，在另外某一种人，却又开了一条财源。居住上海方面的作家，由于友仇的誉毁，这类文章原是不求自来的。但在北方，愿意在本人作品以外露面的作家，实在太少了，因此出于拜访者大学生手中的似是而非的消息，也便多起来了。这种消息恶意的使人感觉方法如此下流得可怜，善意的也常常使人觉得方法拙笨到可笑。一个文学刊物在中国应当如一个学校，给读者应有的是社会所必需的东西，所谓必需东西虽很多方面，为什么却偏让读者来对于几个人的起居言谈发生特殊兴味？一个编辑人不将稿费支配到一些对于这个民族毁灭有所感觉而寻出路的新作家的作品上去，却只花钱来征求属于一个人的记载，这种糟蹋读者的责任，实在是应当由报纸编辑人来担负的。很明显的事，若干刊物的编者，现在是正认为从这种篇幅上，攫到若干读者，且希望从这方面增加读者的。这种风气的延长，我认为实在是读者与作者两方面的不幸。

北方读者近来欢喜读点不三不四的文人消息，从本人作品以外的半真半伪记录上，决定对于这作者的爱憎，可以说是这种纵容恶习当然的结果。我所说的身住北方作家对于海派的容忍，必有它应得的报应，这就是所谓报应！

从南方说，几个稍稍露面的对于未来有所憧憬、沉默中在努力的作家，正面的被某种势力迫害以外，不也是成天在各种谣言中受迫害吗？

妨害新文学健康处，使文学本身软弱无力，使社会上一般人对于文学失去它必需的认识，且常歪曲文学的意义，又使若干正拟从事于文学的青年，不知务实努力，以为名士可慕，不努力写作却先去做作家，便皆为这种海派的风气作祟。扫荡这种海派的坏影响，一面固需作者的诚实朴质，从本人作品上来立下一个不可企及的标准，同时一面也就应当在各种理论严厉批判中，指出种种错误的，不适宜继续存在的现象。这工作在北方需要人，在南方还更需要人。纠正一部分读者的意识，并不是一件十分艰难的工作。但我们对于一切恶习的容忍，则实在可以使我们一切努力，某一时全部将在习气下毁去！

我们不宜于用私生活提倡读者对于一个作者过分的重视，却应用作品要求读者对于这个社会现状的认识。一个无所谓的编者，或想借用这种海派方法，来对于一般诚实努力的作家，给他一种不可防御的糟蹋，我们不向他们有何话说。至于一个本意在报告些文坛消息，而对于中国新的文学运动却怀了好意的编者，我希望这种编者，注意一下他自己的刊物，莫因为太关心到读者一时节的嗜好，失去他们对文学的好意。

"京派"与"海派"

曹聚仁

　　沈从文先生在《大公报·文艺副刊》三十二期，畅论海派文人的丑态。说："'名士才情'与'商业竞卖'相结合便成立了吾人今日对于海派这个名词的概念。……且试为引申之：'投机取巧''见风转舵'……这就是所谓海派。如邀集若干新斯文人，冒充风雅，名士相聚一堂，或远谈希腊罗马，或近谈文士女人，……从官方拿到了点钱，则吃吃喝喝，办什么文艺会，招纳子弟，哄骗读者，……也就是所谓海派。感情主义的'左倾'，勇如狮子，一看情形不对时，即刻自首投降，且指认栽害友人，邀功牟利，也就是所谓海派。因渴慕出名，在作品以外去利用种种方法招摇……也就是所谓海派。"结尾说："妨害新文学健康处，使文学本身软弱无力，使社会上一般人对于文学失去它必需的认识，且常歪曲文学的意义，又使若干正拟从事于文学的青年，不知务实努力，以为名士可慕，不努力写作却先去做作家，便皆为这种海派的风气作祟。"海派之罪大恶极至此，虽用最黑的咒语诅咒它灭亡，亦不为过。

然而，今日之"京派"有以异于"海派"乎？"京派"和"海派"本来是中国戏剧上的名词，京派不妨说是古典的，海派也不妨说是浪漫的；京派如大家闺秀，海派则如摩登女郎。吾友辛祖敉先生《论北平与上海》说："京派的艺术家有梅博士足以代表，海派的艺术家则刘大师当仁不让。"若大家闺秀可嘲笑摩登女郎卖弄风骚，则摩登女郎亦可反唇讥笑大家闺秀为时代落伍。梅博士若笑刘大师卖野人头，刘大师必斥梅博士不懂文艺复兴。试就京派之现状申论之，胡适博士，京派之佼佼者也，也讲哲学史，也谈文学革命，也办《独立评论》，也奔波保定路上，有以异于沈从文先生所谓投机取巧者乎？曰：无以异也。海派冒充风雅，或远谈希腊罗马，或近谈文士女人；而京派则独揽风雅，或替拜伦出百周纪念千周纪念，或调寄"秋兴"十首百首律诗关在玻璃房里，和现实隔绝；彼此有以异乎？曰：无以异也。海派文人从官方拿到了点钱，办什么文艺会，招纳子弟，吃吃喝喝；京派文人，则从什么文化基金会拿到了点钱，逛逛海外，谈谈文化；彼此有以异乎？曰：无以异也。"一成为文人，便无足观"，天下乌鸦一般黑，固无间乎"京派"与"海派"也。

所以，海派文人百无一是，固矣。然而穿高跟鞋的摩登女郎，在街头往来，在市场往来，在公园往来，她们总是社会的，和社会相接触的。那些裹着小脚，躲在深闺的小姐，不当对之有愧色吗？沈从文先生要叫京派来扫荡海派只怕言之过早呢！我看明日的批评家，决不站在京派的营垒，只对于海派在漠视与轻视以上取扫荡的态度，应当英勇地扫荡了海派，也扫荡了京派，方能开辟新文艺的路来！

中国今日还没有大作家，也没有大批评家；寂寞的文坛，也不容许批评家露脸，此起居注派所以风行一时也！呜呼！

抗战八年间的上海文坛

赵景深

    抗战八年间的上海文坛可以说只有头两年是充满了蓬蓬勃勃的气象，表现在文艺方面的都是激励军民忠勇抗战的作品，其后两年自从国军转进以后，文潮便低落了，但仍可挂上英美商的招牌在租界上大胆地刊行创作。可是在太平洋战争爆发以后，租界也列入日本人的势力范围以内，从此允许说话的机会便减少，整个的上海文坛，好像浸入了漫漫长夜一样地沉寂了。为了应编者的要索，不容许我做搜集材料的工作，不容许我仔细地列举，只好粗疏地说一个大概。既是急就章，遗漏与错误都是难免的。我现在可以分为三点来说：第一，是八一三以后的第一年和第二年；第二，是第三、四、五年到太平洋战争爆发；第三，是从第六年到现在。

    现在先讲第一点。八一三以后，就有《救亡日报》一类的刊物出现。田汉、曹聚仁、冰莹等常在上面写文章，尤其是抗战各将领的访问记。于伶（当时名叫尤兢）等当时也创作了很多的抗战文艺。文学研究会干部分子把"文学"改出小本，巴金主编《烽火》，又出版一本散文集《控诉》。《国闻周报》虽不是纯文艺的刊物，当时所刊载的名家文艺作品却不少。郑振铎出版了诗集《号声》，郭沫若也出版了诗集《战声》。《抗战颂》就是上海初期抗战诗歌的选集，其中收有冯玉祥的通俗诗，我的大鼓词。田汉曾召开过戏剧座谈会，会谈了好几次，到会的有欧阳予倩、阿英、胡萍、周信芳、高百岁、金素琴、金素雯等，我也参加。欧阳予倩改编了很多的旧剧，计有《梁红玉》《桃花扇》等，台上不要与剧情无关的检场人，由兵卒来搬桌椅。桌子的位置也带些近代的意味，当斜摆在台的右侧面。台步也改良了，在头二年的上海文坛，确实呈现着很好的现象，后来有人将头二年的文学作品辑出两本书来，名字就叫做"第一年"和"第二年"。内容方面以上海的作品为最多，因为在上海的作品比较容易搜集的缘故。可是在这两年以后，田汉到湖南（听说他现在头发都白了），欧阳予倩到桂林，许多的文人离开了上海，有名的大作家留在上海的便少了。

现在再讲第二点。在第三、四、五年英美势力很大，每每可以挂起洋招牌，从事大胆地写作。可是在出版界方面，因为物价高涨，印刷成本昂贵，也都很紧缩。当时除世界书局出版一部《文艺丛刊》之外，其他书局，没有什么书出版。当时报纸文学最活跃的就是文汇报上的副刊《世纪风》，由柯灵主编，专刊杂感和小品。后来由常写稿子的浙东作家六人，出版了一本《边鼓集》，又出版刊物《鲁迅风》，因为他们都受鲁迅杂感文的影响。太平洋战争爆发以后，敌人的势力浸渍了租界，欧美人一律没有了自由，《正言》《中美》《大美》等报相率停刊，编辑人员被捕，许多文人都是惶惶不安，迫于日本人淫威之下，有的跑到大后方去，也有的变节了。《边鼓集》的六位作家，仍能坚守岗位的只有柯灵和唐弢还在上海，另外还有一位王任叔离开了上海，一度传说他为日军所害，最近看见《大公报》上他与胡愈之、沈兹九的启事，方知他还平安地住在南洋，周木斋却凄凉地病死了，身后很萧条。我曾参加追悼会，并作纪念演讲。当时许景宋、朱维基二位首先被捕，这是文人蒙难的开端。

现在再讲第三点，也就是最近三年。这三年上海文坛已经非常的沉寂。所有有骨气的文人，因家累过重，无法离开上海，都是搁笔辞稿，闭门杜客。我个人就抱了三不主义，就是："一不写稿，二不演讲，三不教书。"其实书是可以教的，在上海的私立大学，日军和伪方仍无法统制。当时闭门著书的大有人在，有的为了生活问题，大半都到开明书店当编辑去了，因为有一个时期开明书店在桂林的生意很好，可以能够尽量地维持一般文人的生活。他们预备编一部新的《辞源》，大约文字部分，徐调孚编音义方面，此外夏丏尊编文学部分，周予同、王伯祥编史地方面。耿济之替开明译了一本高尔基的《俄罗斯漫游记》，此外他还在翻译杜思退益夫斯基的作品，也许有译全集的企图。朝鲜张赫宙的《朝鲜之春》也由范泉译出来了。郑振铎也许有编清人文选的计划，因为他搜集了很多的清人文集数百种。此外也有在邮局或银行工作的，也有开旧书店借以谋生的，例如耿济之和施蛰存。最近耿济之和王统照都已离开上海到北方去了，周予同也要到台湾去了，施蛰存还在福建长汀厦门大学。大前年《侠隐记》的译者伍光建悄然地在上海去世。他的译笔一向是被胡适博士推重，认为是忠实于原文直译笔法的先锋的。

夏丏尊被捕的消息曾传到大后方去，与他同时被捕的有四个小学、四个中学和圣约翰大学里面的校长和教员。书店方面有中华书局的营业部主任潘公望，开明书店的经理章锡琛，世界书局的赵侣青，还有我的内人李希同。从被捕到释放，始终不知道为了什么缘故，大约是犯了思想罪，一共关了十天。外传二百多人，其实只有三十九人。此后柯灵、李健吾、刘大杰、孔另境等都曾被捕过。

这几年在话剧方面，颇有进展。有一位芦焚，以"师陀"的笔名写了一部《大马戏团》，是根据安特列夫的《吃耳光的人》改编的，石挥演此戏的慕容天锡，称为一绝。最近芦焚和柯灵又改编了一本高尔基的《夜店》由佐临导演，石挥、张伐、丹尼、史原、莫愁等演出。上海剧艺社在上海支持话剧最久，一时编剧、导演、演员的人才，都集中在上海剧艺社。剧本方面，因为限于环境，常只能做侧面文章，用些神怪的故事，影射讽刺敌伪的凶暴与没落，不能作正面的描写。例如于伶的《女儿国》、顾仲彝的《八仙外传》都是很巧妙地骂汉奸的。有一个时期，上海民众对于话剧颇有兴趣，吴天的《家》，佐临、费穆、顾仲彝编导的《秋海棠》，以及姚克的《清宫怨》，都是很卖座的戏。几个月以前，平剧场只有三四家，话剧却有十几家，可谓极一时之盛。现在却因为戏院恐慌，似乎到了话剧的衰落期，只有辣斐、卡尔登和丽华三家。有一个好消息，就是兰心大戏院预备演一个月话剧，是由中电张骏祥去交涉的。

在前几年，我与我的朋友胡山源曾编过一个刊物，名叫《文林月刊》，是在联美图书公司出的，只出到五期。还预备出《文艺丛书》，有阿英、顾仲彝、许钦文、黎锦明等家的作品。该公司本来是 United Artist 被日军误为联络美国，加以查抄；最可惜的是许钦文的一部散文集，竟因此连原稿也被他们毁了。我还与庄一拂合编了一个专谈昆曲的刊物《戏曲》，也只出到五期，就因不愿登记而自动停刊。

大约最后一两年可看的好一点的文艺刊物，只有一种《万象》，话剧《夜店》就是在这刊物上连载的，还出过一次戏剧专号。还有《文艺春秋》，也是极纯正的文艺刊物。

伪方的文艺活动，我想此地可以不必齿及，而胜利以后的上海文坛的近况，大家都已在报纸上见到，相隔甚近，我也可以不必多谈。只需说几句话，就是：许多作家都已经从后方回来，一向沉默的作家也已提起笔来，例如郑振铎正在《周报》连续发表《蛰居散记》，大公报发表《求书日录》，而中华全国文艺协会上海分会最近也已经成立了。

《大公报》在上海的崛起

丁君匋

我是怎样参加《大公报》的

我原在韬奋先生的生活书店工作。1934年春节期间，我受鲁迅先生委托，将其《南腔北调集》付印，用同文书店名义出版。因鲁迅的书当时被国民党反动派列为禁书，一经出版，便遭追查。为了不使生活书店受累，我不得不在《申报》刊登"体弱多病，自动辞职"的声明，于1935年9月离开了平生难忘的生活书店。

1935年10月，天津《大公报》胡政之总经理来上海，由李子宽先生介绍，约我在北四川路桥附近的德邻公寓晤谈，内容是关于《大公报》想创办上海版。当时，时局紧张，国难深重，东北已经沦陷，华北岌岌可危。《大公报》想在上海找个基地，以防万一。胡政之先生说我在《生活周刊》工作多年，对新闻出版业务和上海情况都较熟悉，要我参加创办上海《大公报》的筹备事宜。他说，准备日出三大张，要与《申报》竞争销路，希望我能每天搞到一大张广告，我当时表示当尽力而为。就这样，两小时的晤谈，便决定了我进《大公报》，并且要我第二天就买火车票直上天津，先熟悉天津报馆的情况。

我于1936年初由天津返沪，协助胡政之、李子宽筹办上海《大公报》，主要是广告、发行方面的对外联系工作。对于众多的广告公司和主要行业的同业公会，我们需要登门"拜客"的有数十家。要向他们宣传《大公报》在北方的舆论权威，以便招揽广告。我一个人来不及联络，又推荐了广告员陆东生、肖岫卿、李吉人、陈伯民等为"外勤"（当时指对外联系者），戚家祥、陆联芳、董克义等为"内勤"。这样，广告部的班子也便搭起来了。

其次，我对于《大公报》为什么要开设于法租界爱多亚路（今延安东路）18号，向胡政之提出异议，认为上海的《申报》《新闻报》《时事新报》《时报》这些主要报纸都设在英租界三马路（今汉口路），而四马路（今福州路）又属书店集中之区。在此地带设馆，地处闹区，十分有利；反之，开馆在爱多亚路18号这偏静之区，很不受人注目，对于将来广告、发行等业务，均受限制。胡先生说，天津《大公报》是在法租界，与法国一些人士较熟悉，这次创办上海版，法国总领事曾致介绍信给上海，同时，上海法租界的"闻人"杜月笙、张继先等也很帮忙。这样，报纸办登记手续、租用房屋、设印刷厂等，都减少了阻力。据胡先生说，也正因此，我们较顺利地从天津运来了半部德国制的卷筒印报机，建立了有五六十个工友的排字房、印刷厂。

为读者服务的代办部

胡先生对我所提的馆址问题的意见也相当重视。1936 年 4 月 1 日，《大公报》终于在四马路 436 号设立了代办部。一则为报纸自身的发行、广告提供便利，一则为广大读者购买各类图书提供方便，并力使读者想买到的书均可由代办部迅速代理。

这时候，《申报》已在史量才遇难后停办了许多附属事业（如李公朴先生主持的图书馆、补习学校和黄尧伦主持的特种发行服务部等），《大公报》代办部成立时便征得《申报》经理部同意，把《申报》服务部的国外读者往来户和存款，全部转入《大公报》代办部。这是个有利条件。

代办部原来只为读者代办函购图书，后来又同时发展了门市部代销。除发行本报出版的图书外，也代售一些外版图书。同时，代办部又作为读书生活出版社和新知书店的特约代销机构。它们两家，一个远在静安寺路（今南京西路）斜桥弄，一个地处北四川路。我们代办部设于闹市中心，代它们经销，使大家均受其益。还有一些小同业如大江书铺、南强书店、辛垦书店等均售进步书籍，三江书店、联华书店、大众书店则属"皮包书店"，发售宣传抗日救亡的小册子，读者想买也买不到，我们都代为经销，深受欢迎。

代办部的营业额没有一定，多时每天五六百元，少时每天百元以上。我们不定期地编发新书目录，一面在报上刊登，一面分寄给《大公报》和《国闻周报》的直接订户及有联系的外地读者。全国各地有函购经常往来的读者约 500 余户，这是专门设卡的，还有不设卡的几百户，大多是国内边远地区和小城镇的读者。此外，代办部与香港及国外读者亦有广泛联系。东南亚的马来西亚、新加坡、苏门答腊、印度尼西亚、马尼拉、曼谷、仰光等，比例较大。另外，日本的东京、大阪，法国的巴黎、里昂，美国的纽约、旧金山及南美秘鲁的利马等，也有读者委托我们代购图书，有时还托购药品。这些国外读者，除用汇款方法在上海中国银行取款外，也有的以各所在国的纸币附在信中挂号寄来，再由代办部向中国银行按牌价兑取当时通用的法币，并将兑换率单据寄回给读者。

代办部筹备时只有3人，后扩充为10人，他们是谢家崧、吴端云、杨义方、尹任先、季崇威、薛松林、吴可读、毕同文等，丁君匋为主任。此外，报社还设有出版部，出版的书，记忆中有：王芸生的《六十年来的中国与日本》（共九集）、《芸生文存》（一、二集）《由统一到抗战》，范长江的《中国西北角》《塞上行》《西线风云》（当时最受欢迎的读物，先后印了五版），赵望云的《中国农村写生集》《画集》，杨历樵的《欧洲内幕》，曹谷冰的《苏俄视察记》等。

广告与销路

为了《大公报》要在上海打开局面，我帮胡政之先生搞了一些调查材料。首先关心的当然是广告与销路问题。

当时上海销路最大的报纸是《新闻报》，号称日销15万份，实销数为12万份。它日出五到六大张，每份定价三分六厘，全靠广告收入才取得盈利。由于当时要在该报上刊登广告的客户甚多，上海所有的广告公司都要向《新闻报》开户交纳一定的保证金，然后报社给广告公司以广告佣金（即报馆实收广告费的八到九折，余作佣金）。该报广告定价，每一行为1元8角，每版分上下两栏，每栏以128行计（《申报》与《大公报》以120行计）。《新闻报》每天的广告量约占版面六成半地位，故其广告收入每月约有15万元。那时《申报》日出三大张，广告地位约占其半，对广告公司不收取保证金，广告按六到七折收费。其销数只有《新闻报》的一半，约七八万份。

上海《大公报》于1936年4月1日创刊。最初日出两大张，广告约占版面的三分之一，后来广告有起色，又增出了一大张，销路从2万份左右逐渐增到四五万份。当时《新闻报》上几乎什么广告都有，戏院、电影、跳舞厅等，相当齐全，特别是分类小广告有一整版，内容很适合一般小市民的胃口和各行各业经营者的需要，所以，凡是商店、工厂业企都有《新闻报》。《申报》的读者大多是关心时事的文教、知识界等人士。《大公报》在上海的崛起，对《申报》震动很大。例如，《大公报》循天津版传统，辟有《每日画刊》占半版篇幅，由程玉西主编，此为其他各报所无。不久，《申报》每周也增刊彩色画报一张，成本主要由联合广告公司承包的广告费维持。由于它是彩色版，更易引人注目。《申报》此举是为了维持原有销数。

其实，受我们影响最大的还是《时事新报》，因该报是以潘公弼的社论及新闻特写为特色；而《大公报》的主要特色也是社评、通讯，尤其是范长江的红色根据地塞北延安通讯和各种副刊、国内外通讯等，都比《时事新报》更为突出。因此，后者的销数、广告都因而下降。

竞争中成长

《大公报》虽得关心时事的进步读者欢迎，但它的一副"北方作风"难以适合南方读者的口味，特别缺少本埠的生活、娱乐方面的报道，因此发行数量和广告，在创办之初很难打开局面。总经理胡政之、总主笔张季鸾和经理李子宽都很着急、担忧。胡先生要我想些办法，我便大胆献策，促成报馆办几件事：（1）要像《申》《新》两报一样出版本市增刊，其成本由广告费负担。（2）请葛乔编本市版，唐纳编《戏剧与电影》周刊，许君远编《大公园地》。（3）于四行储蓄会的 24 层楼（即今国际饭店）顶上装设"大公报"三字大广告，引起了上海市民的注目，效果很好。

此外，我还和唐纳一起组织了大公读者会，唐任总干事，我任理事长，为抗日救亡运动捐献出力。第一次就由著名演员《桃李劫》主角陈波儿和袁牧之举行抗日救国的义演，颇得各界爱国青年、大中学生、家庭妇女的好评。

在发行工作方面，我还向发行《生活周刊》的报贩，望平街的五洲书报社以及八仙桥（今金陵中路、西藏南路和龙门路交会处一带）、大自鸣钟（今长寿路、西康路口）、南市、闸北、徐家汇等处的报贩，做好联络感情和宣传工作，请他们多予帮忙。

这样，通过全报社各方面共同努力，《大公报》的销路，最高时达 5 万份左右，日出大张正张、本市增刊一张。广告收入每月 5 万元上下，收支基本平衡，成为上海名列前茅的三大报之一。当报贩叫卖报纸是这样喊的："要看哦，今朝刚刚出版的《老申报》《新闻报》《大公报》《时报》《时事新报》。"

《礼拜六》旧话

周瘦鹃

去今约十余年以前，老友钝根要办《礼拜六》周刊，和我们一行人商量名称。一时议论纷纭，莫衷一是，我想起了美国的《礼拜六晚邮报》，有很悠久很光明的历史，因便提出"礼拜六"三字，恰好这周刊也定于礼拜六出版，钝根以为既切当，又通俗，便采用了。出版以后，居然轰动一时，第一期销数达二万以上，以后每逢礼拜六早上，中华图书馆的大门还没有开，早有人在那里等着买《礼拜六》咧。那时馆主既笑逐颜开，我们也兴高采烈。中华图书馆的小楼一角，变做了我们做文章说笑话吃老酒的俱乐部！

后来钝根因为倾向于实业，《礼拜六》出到六七十期，精彩渐减，本子也减薄了一半，一到百期就此结束。那时我东涂西抹，出货最多，一百期中，足有八九十篇，内中尽有描写我少时影事的作品，确是一把眼泪一把鼻涕的，十分悲哀。而借用昔人诗句作小说题目的风气，也就在那时由我开始，如《恨不相逢未嫁时》

《遥指红楼是妾家》《无可奈何花落去》《似曾相识燕归来》等，不一而足。而内中也译过好几篇西方名作，如托尔斯泰的 The Long Exile 译名为《宁人负我》，大仲马的 Slange 译名为《美人之头》，近年来新文学家也在那里竞相翻译咧。同文中有作品的，老蝶、小蝶、常觉、觉迷不用说，记得独鹤也曾有短短的一篇，名叫《杀脱头》。现在著名的新派小说家叶圣陶，也有一篇《终南捷径》刊入，署名叶匋。而将在结束时，又求得叶楚伧一篇《陈大夫移宫记》，用四号字刊登，如今叶先生已一跃而为党国要人，怕已不记得这篇小说了。

自《礼拜六》第一期至第一百期，都由钝根编辑，请孙剑秋助理。每期封面画都是丁慕琴时装仕女，可是现在的眼光看去，早成了古装了。一百期终止以后，大家风流云散，各忙其所忙，隔了几年，钝根忽然高兴起来，又使《礼拜六》复活，定要和我合作。于是将体例略为变动，每期卷首，选刊名人诗词一首，由慕琴就诗意词意作画，很觉新颖。每期小说杂作十余篇，相间刊登，除我自己按期精心撰译外，征得文友名作不少，钝根自己也曾做过几篇很精警的短篇小说。《礼拜六》前后二百期，我以为这一个初度复活时期，为最有精彩，第一一六期上，我有特号：《爱情号》的发明。文字图画，都非常可观，插画都用双心作轮廓，处处饱孕爱的色彩，封面上画一个爱神，由袁寒云题字，我和寒云结识，便在此时开始。当时寒云也很赏识《礼拜六》，连次来信赞美。特作《紫罗兰娘日记》一篇，加入《爱情号》，是以《礼拜六》所刊作品的篇名嵌入，很为自然，而文字也十分懿美，我读了再读，爱不忍释，心中可也得意极了。《礼拜六》一路顺风，好好儿地刊下去，口碑甚是不差。到了一百二十多期以后，先兄伯琴，见我一辈子依人篱下，不是了局，因便劝我自办杂志，每半月一出版，以免与《礼拜六》雷同，定名《半月》。一面我却依旧助钝根编《礼拜六》，并仍按期撰译小说，直到一百卅余期，因自己精神不够，才归钝根独编，而我仍将自己的作品供给他。可是到二百期时，钝根的兴致已尽，馆主的供应也大不如前，于是《礼拜六》寿终正寝了。

《礼拜六》两度在杂志界中出现，两度引起上海小说杂志中兴的潮流，也不可不说是杂志界的先导者。就是我年来由《半月》而作《紫兰花片》《紫罗兰》也不得不归功于《礼拜六》引起我编辑杂志的兴味。所以《礼拜六》虽死，《礼拜六》的精神不死，如今寄痕每礼拜六出一张副刊，也取名《礼拜六》，虽是性质截然不同，却也给《礼拜六》周刊做了很好的纪念。我们一班礼拜六旧人，抚今思昔，哪得不感慨系之啊！

"鸳鸯蝴蝶派"命名的故事

平襟亚

  关于"鸳鸯蝴蝶派"一词的来源，据我所知，有这样一段故事。记之于下，姑存一说。

  记得在一九二〇年（五四运动后一年）某日，松江杨了公做东，请友好在上海汉口路小有天酒店叙餐。座中有姚鹓雏、朱鸳雏、成舍我、吴虞公、许瘦蝶、闻野鹤及笔者等，而以南湖居士廉泉为特客。因为有人叫局，征及北里名妓当时号称"四大金刚"之一的林黛玉，她爱吃洋面粉制的花卷，故杨了公发兴，以"洋面粉""林黛玉"为题（分咏格）作诗钟。当场朱鸳雏才思最捷，出口成句云："蝴蝶粉香来海国，鸳鸯梦冷怨潇湘。"合座称赏。正欢笑间，忽来一少年闯席，即刘半农也。

  刘半农原任中华书局编译。笔者于一九一六年在上海定居后，先识姚鹓雏、朱鸳雏诸人，由姚、朱之介绍，乃识刘半农。一九一七年，刘辞中华书局职务去北京大学任教。一九二〇年，教育部派他去欧洲留学，首赴英伦，来沪候轮，海上友人纷纷为他饯行。包天笑曾宴他于聚丰园，有笔者参加。这一天我们聚饮于小有天，大概中华书局同人亦饯刘半农于此，而且房间就在隔壁，故刘得以闻声而至。

刘入席后，朱鸳雏道："他们如今'的、了、吗、呢'，改行了，与我们道不同不相为谋了。我们还是鸳鸯蝴蝶下去吧。"杨了公因此提议飞觞行令，各人背诵旧诗一句，要含有鸳鸯蝴蝶等字。逢此四字，满饮一杯。于是什么"愿作鸳鸯不羡仙""中庭一蝶一诗人"等等都搬了出来，合席皆醉。

杨了公又言，"鸳鸯"两字，入诗最早，《毛诗》中即有"鸳鸯于飞"之句，入于古文也不一而足。更有一故事：晚清某年科举，主考官黄体芳见有人在八股文内引用"鸳鸯"二字，批斥道："鸳鸯二字，不见经传。"可是他忘了《毛诗》是五经之一。作此文的举子吕翔，把落第卷子领出一看，如何肯依，便把《毛诗》封好，上题"海外奇书"四字，面呈黄主考。黄知错了，吕只是要评理。黄无奈，只好奏明皇帝，称吕为博学鸿儒，逸才也，例应选拔，邀特达之知。皇帝乃钦赐进士及第。因"鸳鸯"获此奇遇，故人称"鸳鸯进士"。

座中又有人说"鸳鸯蝴蝶"入诗，并无不可，要看如何用它。最肉麻的如"愿为杏子衫边蝶，一嗅余香梦也甜"；最恶俗的如"屏开卅六鸳鸯住，帘卷一双蝴蝶飞"，时有人插言道："这两句送给'花烟间'做门联，再贴切没有了。"闻者大笑。又有人说："最要不得的是言之无物，好为无病呻吟，如'卅六鸳鸯同命鸟，一双蝴蝶可怜虫。'说明什么呢？"刘半农认为骈文小说《玉梨魂》就犯了空泛、肉麻、无病呻吟的毛病，该列入"鸳鸯蝴蝶小说"。朱鸳雏反对道："'鸳鸯蝴蝶'本身是美丽的，不该辱没它。

《玉梨魂》使人看了哭哭啼啼，我们应当叫它'眼泪鼻涕小说'。"一座又笑。刘半农又说："我不懂何以民初以来，小说家爱以鸳蝶等字作笔名？自陈蝶仙开了头，有许瘦蝶、姚鹓雏、朱鸳雏、闻野鹤、周瘦鹃等继之，总在禽鸟昆虫中打滚，也是一时风尚所趋吧。"其实，何止于此，如陈蝶仙创制的"无敌牌"牙粉用一双蝴蝶作商标；徐枕亚与状元小姐的结婚书上有"福禄鸳鸯"一语，简直可以说是在在都是。

这一席话隔墙有耳，随后传开，便称徐枕亚为"鸳鸯蝴蝶派"，从而波及他人。真如俗语所云：孔雀被人打了一棒，几乎所有长尾巴的鸟全都含冤莫白了。

后来某一次，姚鹓雏再遇刘半农时说："都是小有天一席酒引起来的，你是始作俑者啊！"刘顿足道："真冤枉呢，我只提出了徐枕亚，如今把我也编派在里面了。"又说："左不过一句笑话，总不至于名登青史，遗臭千秋，放心就是。"姚说："未可逆料。说不定将来编文学史的把'鸳蝴'与桐城、公安一视同仁呢。"刘说这是笑话奇谈。但后来揆诸事实，竟不幸而言中。

艺术剧社及其出版的书刊

洪明曾

艺术剧社亦称上海艺术剧社。1929 年秋，党为了要推进革命戏剧运动，由沈端先（夏衍）等集合了创造社、上海艺术大学等的一部分同志，组织成立了这一个剧社。它是中国共产党直接领导，首先举起无产阶级戏剧的旗帜，在舞台上进行艺术实践的革命剧社。

该社初成立时借用北四川路永安里文献书房的地址，作为排练场所。它举行过两次演出：第一次是在 1930 年 1 月，借西藏路宁波同乡会场所，演出《梁上君子》《炭坑夫》《爱与死的角逐》三个剧目；第二次是在同年 4 月，租赁北四川路横浜桥日本人的上海演艺馆场所，演出《西线无战事》和冯乃超创作的独幕剧《阿珍》。在两次公演的间隙，它曾和摩登剧社一同到南通作过旅行公演。此外，它又和其他剧团合作，组织过"移动剧团"到工厂、学校去流动演出。

艺术剧社通过公开的舞台演出，通过到工人群众、学生群众中去移动演出，取得了无产阶级革命戏剧运动的最初经验，为继之而起的上海戏剧运动联合会、左翼剧团联盟、左翼戏剧家联盟的革命戏剧运动奠定了基础。它的活动，受到了广大观众的欢迎和戏剧界同志们的重视，但同时也引起了国民党反动政府的恐惧和仇恨。1930 年 4 月 28 日深夜，他们包围了窦乐安路（今多伦路）的艺术剧社，捕去了社员五人，并将该社的书志脚本及道具一并抄去。事后又根据社员名簿分头捕人，陆续又有不少社员被捕。艺术剧社被封以后，该社发表了《为反抗无理被抄封、逮捕告上海民众书》，左翼作家联盟发表了《反对查封艺术剧社宣言》，上海戏剧运动联合会发表了《为艺术剧社被封告国人》，向国民党反动派进行了斗争。艺术剧社虽然被封闭了，它的公开活动暂时被迫停止，但是左翼戏剧运动不仅没有停止，反而更加发展。

1930 年 3 月 19 日，上海各戏剧团体联合成立了上海戏剧运动联合会，8 月成立了左翼剧团联盟。艺术剧社和南国剧社被查封以后，1931 年春左翼剧团联盟又改组为左翼戏剧家联盟，成为左翼戏剧运动的核心。艺术剧社从酝酿成立到查封，不到一年时间，除举行了两次公演以外，还编印过《艺术》月刊、《沙仑》月刊和一本《戏剧论文集》。现将它编印的两种刊物和一本论文集简略介绍如下。

《艺术》月刊出版于 1930 年 3 月 16 日，沈端先编辑，仅刊出一期即遭反动派查禁。后改名《沙仑》月刊，继续出版了一期。《艺术》月刊是以戏剧为主的综合性艺术杂志，第一期的内容有郑伯奇著《中国戏剧运动的进路》、麦克昂（郭沫若）著《普罗文艺的大众化》以及《艺术剧社第一次座谈会速记》，还有刚刚成立的中国自由运动大同盟的宣言和发起人名单等。

《沙仑》月刊出版于 1930 年 6 月 16 日，沈端先主编。仅刊出一期即遭国民党反动派查禁。"沙仑"两字是 Siren 的音译，即汽笛之意。它是戏剧、电影、美术、音乐、文学的综合性杂志，内容有叶沉（沈西苓）的《戏剧运动的目前误谬及今后的进路》、沈端先的《关于游艺会的几个实际的指示》，以及两次公演的《西线无战事》《爱与死之角逐》《炭坑夫》《梁上君子》戏剧镜头的四帧插图等等。

《戏剧论文集》由神州国光社于 1930 年 6 月 1 日出版，共收论文十一篇，多数曾在当时期刊上发表，如《中国戏剧运动的进路》《戏剧与时代》《舞台效果和音乐》都曾在《艺术》上发表，《关于新剧运动的几个重要问题》曾在《大众文艺》第二卷第五、六期合刊发表。

为了供研究者参考，上海文艺出版社除了已将《艺术》月刊和《沙仑》月刊影印出版外，还出版了瞿光熙编的《艺术剧社史料》。

休闲娱乐

第三辑

说避暑之益

林语堂

我新近又搬出分租的洋楼，而住在人类所应住的房宅了。10月前，当我搬进去住洋楼的分层时，我曾经郑重地宣告，我是生性不喜欢这种分租的洋楼的。那时我说我本性反对住这种楼房，这种楼房是预备给没有小孩而常年住在汽车里不住在家里的夫妇住的，而且说，除非现代文明能够给人人一块宅地，让小孩去翻筋斗捉蟋蟀弄得一身肮脏痛快，那种文明不会被我所看重。我说明所以搬去住那所楼层的缘故，是因那房后面有一片荒园，有横倒的树干，有碧绿的池塘，看出去是枝叶扶疏，林鸟纵横，我的书窗之前，又是夏天绿叶成荫，冬天果子满枝。在上海找得到这样的野景，不能不说是重大的发现，所以决心租定了。现在我们的房东，已将那块园地围起来，整理起来，那些野树已经栽植的有方圆规矩了，阵伍也渐渐整齐了，而且虽然尚未砌出来星形八角等等的花台，料想不久总会来的。所以我又搬出。

现在我是住在一所人类所应住的房宅，如以上所言。宅的左右有的是土，足踏得土，踢踢瓦砾是非常快乐的，我宅中有许多青蛙蟾蜍，洋槐树上的夏蝉整天价地鸣着，而且前晚发现了一条小青蛇，使我猛觉我已成为归去来兮的高士了。我已发现了两种蜘蛛，还想到城隍庙去买一只龟，放在园里，等着看龟观蟾蜍吃蚊子的神情，倒也十分有趣。我的小孩在这园中，观察物竞天择优胜劣败的至理，总比在学堂念自然教科书，来得亲切而有意味。只可惜尚未找到一只壁虎。壁虎与蜘蛛斗起来真好看啊！……我还想养只鸽子，让它生鸽蛋给小孩玩。所以目前严重的问题是有没有壁虎？假定有了，会不会偷鸽蛋？

由是我想到避暑的快乐了。人家到那里去避暑的可喜的事，我家里都有了。平常人不大觉悟，避暑消夏旅行最可记的事，都是哪里曾看到一条大蛇，哪里曾踏着壁虎或蝎子的尾巴。前几年我曾到过莫干山，到现在所记得可乐的事，只是在上山路中看见石龙子的新奇式样，及曾半夜里在床上发现而且用阿摩尼亚射杀一只极大的蜘蛛，及某晚上曾由右耳里逐出一只火萤。此外便都忘记了。在消夏的地方，谈天总免不了谈到大虫的。你想，在给朋友的信中，你可以说："昨晚归途中，遇见一条大蛇，相觑而过！"这是多么称心的乐事。而且在城里接到这封信的人，是怎样的羡慕。假定他还有点人气，阅信之余，必掷信慨然而立曰："我一定也要去。我非请两星期假不可，不管老板高兴不高兴！"自然，这在于我，现在已不能受诱惑了，因为我家里已有了蛇，这是上海人家里所不大容易发现的。

避暑还有一种好处，就是可以看到一切的亲朋好友。我们要去避暑旅行时，心里总是想着："现在我要去享一点清福，隔绝尘世，依然故我了。"弦外之音，似乎是说，我们暂时不愿揖客，鞠躬，送往迎来，而想去做自然人。但是这不是真正避暑的理由，如果是，就没人去青岛牯岭避暑了。或是果然是，但是因为船上就发现你的好友陈太太，使你不能达到这个目的。你在星期六晚到莫干山，正在黄昏外出散步，忽然背后听见有人喊着："老王！"你听见这样喊的时候，心中有何种感觉，全凭你自己。星期日早，你星期五晚刚见到的隔壁潘太太同她的一家小孩，也都来临了。星期一下午，王太太也翩然莅临了。星期二早上，你出去步行，真真出乎意外，发现何先生何太太也在此地享隔绝尘世的清福，由是你又请大家来打牌，吃冰淇淋，而陈太太说："这多么好啊。正同在上海一样，你想是不是？"换句话说，我们避暑，就如美国人游巴黎，总要在 I'opera 前面的一家咖啡馆，与同乡互相见面。据说 Montmartre 有一家饭店，美国人游巴黎，非去赐顾不可，因为那里可以吃到真正美国的炸团饼。这一项消息，Anita Loos 女士早已在《碧眼儿日记》郑重载录了。

自然，避暑还有许多益处。比方说，你可以带一架留声机，或者同居的避暑家总会带一架，由是你可以听到年头到年底所已听惯的乐调，如《璇宫艳舞》《丽娃·栗妲》之类。还有一样，就是整备行装的快乐高兴。你跑到永安公司，在那里思量打算，游泳衣是淡红的鲜艳，还是浅绿的淡素，而且你如果是卢梭、陶渊明的信徒，还须考虑一下：短筒的反翻口袜，固然凉爽，如渔网大花格的美国"开索"袜，也颇肉感，有寓露于藏之妙，而且巴黎胭脂，也是"可的"的好。因为你不擦胭脂，总觉得不自然，而你到了山中避暑，总要得其自然为妙。第三样，富贾、银行总理、要人也可以借这机会，带几本福尔摩斯小说，看看点书。在他手不释卷躺在藤椅上午睡之时，有朋友叫醒他，他可以一面打哈一面喃喃地说："啊！我正在看一点书。我好久没看过书了。"
第四样益处，就是一切家庭秘史，可在夏日黄昏的闲话中流露出来。在城里，这种消息，除非由奶妈传达，你是不容易听到的。你听见维持礼教乐善好施的社会中坚某君有什么外遇，平常化装为小商人，手提广东香肠，工冬工冬跑入弄堂来找他的相好，或是何老爷的丫头的婴孩相貌，非常像何老爷。如果你为人善谈，在两星期的避暑期间，可以听到许多许多家庭秘史，足做你回城后一年的谈资而有余。由是我们发现避暑最后一样而最大的益处，就是——可以做你回城后交际谈话上的题目。

要想起来，避暑的益处还有很多。但是以所举各点，已经有替庐山青岛饭店做义务广告的嫌疑了。就此搁笔。

吃与睡

苏青

我爱吃，也爱睡，吃与睡便是我的日常生活的享受。

说到吃，当然太贵的东西我吃不起，过于不清洁的东西我又不肯吃，所吃者无非在简单物事中略加讲究而已。早晨起来，我只吃一碗薄粥。粥用大米煮，洋籼之类便没有黏性。煮粥的时候，第一米要淘得干净，第二锅子也要洗净，不可有冷饭粢粑之类附着。宁波有一种细篾淘箩，用以盛米，在满贮清水之大白瓷桶中淘洗数次，一边淘一边换水，约3次，米即粒粒洁白。以之入清水锅中，水不变色。于是用文火缓熬之，至看不清米粒为度。粥成，乘热而啜，略加淡竹盐少许，不食他菜。淡竹盐亦故乡带来，制法以食盐满塞淡竹中，埋入烧红灰堆里煨烘良久，迨竹烧焦后取出食盐，盐即坚硬呈棍状，略带灰黑色。食时以小洋刀刮之，盐粉散在粥面上，清香而有鲜味。据说其功能化痰，但不可使之潮湿耳。此项淡竹盐，上海虽也有卖，但其色全白，粉状用瓶装，与纸包精盐一模一样，因此我是不大相信的。

中饭只有一菜一汤；没有菜，蛋炒饭也行。不过饭要烧得好些，松而软，回味起来有些带甜。有时候我在朋友家里吃饭，见他们菜虽多而饭不佳，则吃了之后常觉不大落位，非自到家中调些红枣百果羹之类吃吃不可。

我有一个秘诀，便是饭菜吃得不落位时，可以再吃些甜点心类以资补救。所谓点心，其第一要件当然是轻松稀薄，美于口而无不利于腹，换句话说，便是质宜精而量宜少，在饥时食之可以疗饥，而饱时食之却不至过饱。对于这点，我是非常同情于广东点心的，尤其在茶室里那种吃法，一碟一眼眼，吃上十碟也不打紧。若是宁波人家，客人来了不是炒年糕一大盆，便是大肉馄饨鳝糊面，叫你吃不到半碗便觉油腻难受，却又不好意思不硬吃下去。这种厚味大量的点心其实应该称为"代饭"，吃它之后便可以不必另外再吃饭了。

我不爱做菜，却欢喜自己动手弄些点心。有时候客人来了，人数不多只两三个，大家谈了一会儿，谈得有兴时，我便问："弄些什么点心吃吃吧！"假如她们同我客气，说是不吃，就要回去了，我便老大不开心，再不勉强挽留。但若是我的老朋友一定晓得我这脾气，她们会问我："那么吃些什么呢？"于是我手舞足蹈，把家中所有的东西一一都讲出来请她们决定，大家想想究竟做哪样点心来得好。往常我在家里总是放着不少的点心佐料：桂圆、莲子、红枣、白果、牛奶、鸡蛋、可可、杏仁粉、圆子粉、西谷米等等都有，糯米麦粉以及面类则更不成问题了，要做什么点心便可以做什么的。至于用具，我也是中西各种都有，锅啦、勺啦、刀啦、叉啦、杯啦、盆啦，大小匙啦……一时也说不尽。而且我把做点心盛点心的锅碗，决不肯同烧菜盛羹的混用，免得有油腻荤腥等气味存留着。我爱用各式各样的较精致的碗碟来摆点心，这样在吃起来时似乎更加会因好看而觉得美味了。不过此类碗碟以及其他用具等我也不是从店里拣新的全套的购来，乃是平日走过旧货公司或拍卖行时，偶然在橱窗里瞧见一二件合式的，便去买了来，洗涤清洁以后，再加煮沸，便可应用。这样积少成多，数年来也聚得不少了，五光十色，煞是美丽。又因其大小、式样、花纹、颜色而定该摆什么东西，有时候宾主之间意见不同，便把一样点心分装两盆，大家再行仔细观看比较，以判定谁的眼光近乎艺术。这类盆碗大抵质料很好，花纹也细致，虽不成套，正因其唯一而弥觉可贵。吃时我往往先自拣定一碗或一盆，然后客人各自拣定。以后次数多了，何人用何碗或何盆都有定规，不必主人分派或客人间互相推让客气了。

其实午后到我家来谈天的老朋友，往往来时先有吃点心的计划。她们预先估定我家恐怕缺乏某种佐料，便在路上替我买了带来。于是一到之后，大家还不及三言两语便动手做起点心来。我们做麦粉点心不但注意吃时滋味，还要讲究它的式样。有时候做得太好了，舍不得吃，便放在桌上瞧瞧，直到它发酸带霉了非丢掉不可为止。

除了点心之外，我还爱吃零食。吃零食顶要紧的是细嚼缓咽，时拈时啜，否则宛如猪八戒吞人参果般，有何滋味？我是道地的乡下佬出身，对于沙利文糖果无多大爱恋，所喜者还在于采芝斋盐水胡桃之类。我一面啖零食，一面听朋友谈天，觉得其乐陶陶；否则便是边吃边写文章，也可以增精神而助文思。

晚饭时小菜，我是希望吃得好一些的。一天的奔波，夜里还得绞脑汁写东西，此餐非比别的，乃是慰劳再加鼓励。谚云：吃在广州。不过据我看来，广东小菜只好下酒，不能下饭。而且它的煮法，往往使食物失其本性滋味。牛肉片用菱粉拌过，再加酒渍，炒起来嫩滑是嫩滑的，就是很少牛肉味，吃起来与肉片鸡片田鸡片之类都差不多。我平日吃小菜，欢喜清炖或简单的炒烧，十景式东西是不赞成的。其实做小菜也便当得很，第一东西要新鲜，与其买死鱼不如买新鲜青菜为佳。第二料理要好，拿瓶到糟坊里去买1元钱酱油常带苦味，我爱用舟山洛泗油，因为它的颜色淡而豆酱气味带得少。至于料酒，我是毫不吝惜地请头号花雕来屈就的。炉子里火光熊熊，锅里的油正沸着，于是把切得细细的肉丝倒下去炒几炒，然后筛酒一匜，则肉味松脆，其香无比。若是用2毛钱1杯的现成料酒，则是水分居多，倒入锅里好比加汤，加的意义便失掉了。还有一点须注意的，便是炒菜烧鱼必须火旺，煮汤烤肉则非文火不可。至于烧成以后的小菜颜色，也是很要紧的。

一个人的生活目的在于享受，我在没钱的时候，也能咬大饼充饥，一旦有了钱，便大半花到吃食上去了。我欢喜吃新奇的东西，常常自己发明尝试，做得好固然有趣，不好也能强咽下去。有时候自己想不出，便去打听人家，认为不错，回来便仿着烧煮，必要时且加改良。粤菜、闽菜、蜀菜我都会吃，但是一到生病的时候，我便想吃本乡菜了，尤其是乡下土产，儿时吃惯，想起来别有滋味。只有一件我愿意自居化外，就是宁波人在甜酸苦辣咸五味之中不能吃辣而易之以"臭"，臭乳腐臭盐冬瓜之类，嗅之令人作呕，这个鄙人只好敬谢不敏了。

吃说得太多，现在该来讲睡，我以为睡只要酣畅而时间不必久长，我是每天平均算来恐怕还不到七小时的。

　　睡的时候，床上一定要有顶帐子。帐子白洋布做，暑天则改用白夏布。我的帐子洗得很勤，卧在床上看起来，宛如置身白雪堆中，上面又浮着一片白云似的，飘飘然，飘飘然，伴着我入梦。

　　棉被要薄匀匀的，长而且宽，睡在里面比较舒服。我乡人嫁女，常购余姚上等棉花弹成被头，色白质韧，堪耐久用，常于十余年后，视之犹洁白完好，不改样子，惟较硬而结实耳。上海棉花不知来自何处，前年我买过一条现成的，色虽白而质脆，买来不到两年，已经不堪用了。褥子可较厚，亦不宜过软。我生平不喜睡弹簧床，大概也是乡下佬习气，只要棕棚好一些便了。至于枕头，我也不大爱用木棉做的，尤其在夏天，以席草屑充其中作为枕芯，比较凉爽。我们乡下有一种野草，不知何名，将其屑晒干后塞枕中，亦极合式。又有人用泡过茶叶晒燥塞枕头者，云枕之可以清目，则没有试过，不敢妄评。时下枕头样子多薄而阔大，我不喜欢；反之，我的枕头是细长而高的，大概因为我有鼻病，枕头过于低了便有鼻塞之虞的缘故吧。还有席子，我也爱用我乡土做的细篾席子，又滑又挺，凉气沁人。其他草席太粗，台湾席子又嫌太软，转身的时候，容易皱缩。

　　我睡觉，决不怕人打搅。帐子放下，此中自有小天地，任你帐外开无线电也罢，讲笑话也罢，打牌也罢，我总不注意听，也不故意装作没听见，所谓一只耳朵进一只耳朵出，毫不关心，故时候到了，自能酣然入睡。不知在什么时候，我曾经患过失眠症，全夜睡不着，直到天明才能蒙眬合眼。但是我毫不心急，心想夜里不睡白天睡，不是一样的吗？横竖我是个闲人，又不必9点钟到了必须上写字间办公。这样任他下去，不久便自好了，以后再不曾患失眠过。

现在我的睡眠绝无定时，黄昏疲倦了，便钻入帐去，醒来之后吃晚饭，晚饭后啜茶片刻，就写文章或看看书。文章写出，或者书不要看了，再钻进帐子酣睡片刻。醒后再出来，疲倦了再睡，这样夜必数起，直到天将亮才蒙被而卧，不到日高三丈决不肯起床。午睡也没有一定，没有事做便去闭目养神片刻；有人来谈天了，便再也不想睡；看话剧电影去了，也是如此。

我的梦，常常是可爱的。它不是现实的反映，而是理想的构成。我常常梦着自己驾片舟泛游于湖水之上，也常常梦见母亲，蓬着花白的头发，在慈爱地替我梳小辫子。顶使我奇怪的是，我的梦中回忆常限于十年以前的事，十年以来的结婚生活，我却从来也没有梦过一次。我的热情也许早已埋葬了吧？就是在春天的夜里，我也不做桃色的梦。

我爱吃，也爱睡，我把它们当作生活的享受，而从不想到这些竟是卫生所必需。老实说，我可是从不恋生，虽然也并不想死，假如我必须死，而死又必须经过病的阶段的话，那么就让我患一种肺病死吧，慢慢地吃上几年，最后才像酣睡般死去。

大饭店

洪　深

　　大饭店，八层、九层、十三层、廿二层，高高的洋房，人们在老远的就可以瞧见了。大饭店里面是豪奢、舒适，和某一种行动的自由。

　　那日常的许多人过着的辛勤、劳苦、尖锐地奋斗着的世界，似乎到大饭店的门口就停止了，里面好像是另外一个世界。

　　宽敞的房间，大理石的墙和地，历史的时代的木器——饭厅是乔治式的，寝室是路易四世式的——厚厚的地毯，软软的卧床；这里，一个旅客也可以得到安静与休息，如果他暂时地用不着和外面的世界接触的话！

　　可是，一位忙勤的旅客，也可以把大饭店当作他的大本营——电话，长途电话，报告政治和商业消息的无线电，饭店内附设的邮件收发处、电报收发处、转运公司、银行；以及敏捷的干练的礼貌的供驱使的人，侍应生、招待、露天通事、临时书记、临时打字员、导游者、帮助购物者、代办车票船票飞机票者、代办戏票者；理发匠、修指甲匠、成衣匠、鞋匠；甚至短期的异性伴侣，俄国的、葡萄牙的、法国的、英国的、美国的、东方的——凡是有钱的旅客所会发生的需要，这里就有一个专以满足这种需要为职业的人等待着，听候使唤。

这里，一个人可以自己做最少的工作，而过着最充分的生活。汽车才到门口，便有穿着制服的门役，抢着开你的车门。你在登记簿上签了名姓，便有整洁秀丽的侍应生，替你提着皮包，领你到你的寝室。你如果要洗浴，有人会替你放冷热水。你如果想安息，有人会替你把皮包打开，取出睡衣，放在床边，取出拖鞋，放在床旁。电话就在你的床头小几上，旁有最新的电话簿。那几上还有一册《圣经》，这是预备你睡眠前诵读的。几上的玻璃桌面之下，又压着一张早餐菜单；这是预备你第二天早上醒了之后，打电话点菜，躺在床上吃的。你如果住到两天以上，那开升降机的侍应生就会记得你是住在第几层，不用你再吩咐；那饭厅里的侍应生也会晓得你喜欢吃面包或土司，不用你再开口。

在大饭店里，"拍马"已经能从科学上出发。美国的饭店大王司答脱勒曾经写过一篇小册子，讲起他是怎样用着心思，以谋旅客们的安适。譬如，一个旅客睡到半夜觉得寒冷的时候，一般旅馆的办法，是由旅客打电话给账房，再由账房令侍应生送去毯子。但这是一种麻烦手续，很多旅客宁愿冻一夜而不愿意费事打电话的。于是司答脱勒便用心思，改在每个房里，多预备一条毯子，卷起放在脚凳上。但是又有很多旅客，以为这种毯子是常被使用而不会干净的，仍是不愿用。于是司答脱勒又用一番心思，把每条毯子，用布包起来，布上印着洗衣作的牌号和洗涤的日期。

他又说，某次一位性急的旅客，要吃热汤。那侍应生把汤端来的时候，汤盆上有一个银盖子。旅客把盖子一摸，是冷的，他便大骂侍应生。侍应生一声不辩，仍是满面堆笑地恭敬地把银盖移去，盆里的汤确是热气腾腾的。那客人几不作声了。这件事给司答脱勒看见，他大大地责备那侍应生的不是。他说："你虽没有开口和客人抬杠，但你开去盖子，显出热汤，是拿事实去和客人抬杠了，他心里一定是不高兴的。"那个侍应生问："那么应当怎样对付这位客人呢？"司答脱勒说："你应当先为'冷汤'抱歉，把汤盘连盖端下，稍过一刻，开去了盖子，仍把这盆热汤端上，那客人就不觉得是他自己弄错而感到难堪了。"

在上海的几个大饭店里，侍应的方法，还不够这样科学。但他们也严格地被训练过，不许做三件事：第一，客人在房里谈话的时候，无论谈的声音多么响，侍应生不许听见；第二，客人们在饮酒吃饭说笑话的时候，无论说得怎样发噱，侍应生在桌后不许发笑；第三，侍应生不许为旅客们寻异性伴侣，但如果一个男客领着他的"太太"来住宿，侍应生不许记得这位客人的"太太"，在不同的日子会有不同的面貌。

上海的旅客业非常发达，这是有它的经济理由的。上海的地价高，一般人所住的房子都很小，并且有几个人家合住一宅的。所以在上海，只有那有钱人才能在家里宴客；普通人的宴乐饮博，总是到菜馆和到旅馆里"开房间"的。这里，现代的享乐工具，应有尽有；一个每月只赚五十块钱的人，在"开房间"的一天，他可以生活得像赚五百块钱的人一样。摩登家具，电话，电扇，收音机，中菜部，西菜部，伺候不敢不周到的茶房，这一天小市民在旅馆里，和百万富翁在他的私家花园里，气焰没有什么两样。当然的，这些在中国的旅馆里开房间的人，从来不到西式的大饭店里开房间。一个原因是钱不够许多事不能做。还有一个原因，是误会在大饭店里有什么事不能做呢！

我有一位朋友在上海某一个大饭店里，喊到过俄国私娼，不幸另一位朋友在同一饭店里，因为狎妓被经理"请"出去。老实说，在大饭店里，你不但得多花钱，你还得真"在行"，不论是点菜，或是寻女人。

全中国的饭店中，只有青岛的中国旅行社招待所，真是不许你赌博的。即使你自己带了牌去，你亦无法叉麻将，因为所有的桌子，全是三角形而不是四方形的。但青岛只是个"一匹马的小城"（One horse town），而旅行社的招待所，也算不得大饭店。

深夜的食品

叶圣陶

　　里的总门虽然在 9 点钟光景关上了，总门上的小门，仅容一个人出入的，却终夜开着。房主以为这是便利住户的办法，随便什么时候要进要出都可以；门口就有看门人睡在那里，所以疏失是不至于有的。这想法也许不错，随时可以进出确实便利；然而里里边却出了好几回疏失，贼骨头带着住户的东西走了。这是否由于小门开着的便利，固然不能确凿断定。

　　我想有一些人必然感激这小门的开着，是不容怀疑的，那就是挑售食品的小贩们。我中夜醒来（这是难得的事），总听见他们的叫卖声："五香茶叶蛋！""火腿热粽子！""五香豆腐干！""桂花白糖莲心粥！"还有些是广东人呼喊的，用心细辨也辨不清，只听见一连串生疏的声音而已。这时候众喧已息，固然有些骨牌声、笑语声、儿啼声在那里支持残局，表示这里的人还没有全部入睡，但究竟不比白天的世界了。这些叫卖声大都是沙哑的；在这样的境界里传送过来，颤颤地，寂寂地，更显出这境界的凄凉与空虚。从这些声音又可以想见发声者的形貌，枯瘦的身躯，耸起的鼻子与颧颊，失神的眼睛，全没有血色的皮肤；他们提着篮子或者挑着担子，举起一步似乎提起一块石头，背脊是弯得像弓了。总之，听了这声音就会联想到《黑籍冤魂》里的登场人物。

有卖东西的，总有吃东西的。谁在深夜里还买这些东西吃呢？这可以断然回答，绝不是我们。我家向来是早睡的，至迟也不过11点钟（当然也是早起的）。自从搬到乡下去住了3年，沾染了鄙野的习俗，益发实做其太古之民了。太阳还照在屋顶，我们就吃晚饭；太阳没了，我们就"日入而息"，灯自然要点一点的，然而只有一会儿工夫。近来搬到这文明的地方上海来住，论理总该有点进步，把鄙野的习染洗刷去一部分，但是我们的习染几乎化为本性了；地方虽然文明，与我们的鄙野全不相干，我们还是早吃晚饭早睡觉。有时候朋友来访，我们差不多要睡了，就问他们："晚饭吃过了吧？"谁知他们回答得很妙："才吃过晚点，晚饭还差两三个钟头呢。"这使我惭愧了，同时才想起他们是久居上海的，习染自然比我们文明得多。像我们这样的情形，决不会特地耽搁了睡觉，等着买五香茶叶蛋等等东西吃的；更不会一听到叫卖声就从床上爬起来，开门出去买。所以半夜的里里虽然常常颤颤地寂寂地喊着什么什么东西，而我们绝非他们的主顾。

那么他们的主顾是谁呢？我想那些神明不衰，通宵打牌的男男女女总该是其中的一部分。他们尚未睡眠，胃的工作并不改弱，到半夜里，已经把吃下去的晚餐消化得差不多了；怎禁得那些又香又甜又鲜美的名称一声声地引诱，自然要一口一口地咽唾沫了。手头赢了一点的呢，譬如少赢了一些，就很慷慨地买来吃个称心如意（黄包车夫在赌场门口候着一个赌客，这赌客正巧是赢了钱的，往往在下车的时候很不经意地给车夫过量的钱，洋钱当作毛钱用；何况五香茶叶蛋等等东西是自己吃下去的，当然格外地慷慨了）。输了的呢，他想借此告一小段落，说不定运气就会转变过来；把肚皮吃得充实些，头脑也会灵敏得多，结果"返本出赢钱"，吃的东西还是别人花的钞。他这么想的时候，就毫不在乎地喊道："茶叶蛋，来三个！""莲心粥，来一碗！"

其次，与叫卖者同属黑籍的人们当然也是主顾。叫卖者正吞饱了土（烟土）皮，吃足了什么丸，精神似乎有点回复，才出来干他们的营生；那些一榻横陈，一枪自持的，当然也正是宿倦已消，情味弥佳的当儿，他们彼此做个交易，正是适合恰当，两相配合。抽大烟的人大都喜欢吃烫热的东西，有的欢喜吃甜腻的东西。那些待沽的东西几乎全是烫热的，都搁在一个小炉子上，炉子里红红地烧着炭屑；而卖火腿热粽子的，也带着猪油豆沙粽，白糖枣子粽；这可谓恰投所好了；买来吃下去，烫的感觉，甜的滋味，把深夜拥灯的情味益发提起来了，于是又重重地深深地抽上几管烟。

其他像戏馆里游戏场里散归的游人，做夜间工作的像报馆职员之类，还有文明的习染已深，非到两三点钟不睡的居民，他们虽然不觉得深夜之悠悠，或者为着消消闲，或者为着点点饥，也就喊住过路的小贩买一些东西吃。所以他们也是那些深夜叫卖者的主顾。

我想夜间的劳工们未必是主顾吧。老板伙计一身兼任的鞋匠，扎鞋底往往要到两三点钟；豆腐店里的伙计，黄昏时候就要起身磨豆腐了；拉夜班的黄包车夫，是义务所在，终夜不得睡觉的，他们负着自己和全家的生命的重担，就是加倍努力地做一夜的工作，也未必能挣得到够买一个茶叶蛋一只火腿粽的闲钱来；他们虽然听着那些又香又甜又鲜美的名称而神往，而垂涎，但是哪里敢真个把叫卖者喊住呢！

他们不敢喊住，对于叫卖者却没有什么影响，据同里的人谈起，以及我偶尔醒来的时候听见的，知道茶叶蛋等等是每晚必来的；这足以证明那些东西自会卖完，这一宗营生决不因为我们这样鄙野的人以及劳工们的不去作成它而会见得衰颓的。

幽默的叫卖声

夏丏尊

住在都市里，从早到晚，从晚到早，不知要听到多少种类多少次数的叫卖声。深巷的卖花声是曾经入过诗的，当然富于诗趣，可惜我们现在实际上已不大听到。寒夜的"茶叶蛋""细沙粽子""莲心粥"等等，声音发沙，十之七八似乎是"老枪"的喉咙，困在床上听去颇有些凄清。每种叫卖声，差不多都有着特殊的情调。

我在这许多叫卖者中，发现了两种幽默家。

一种是卖臭豆腐干的。每日下午五六点钟，弄堂口常有臭豆腐干担歇着或是走着叫卖，担子的一头是油锅，油锅里现炸着臭豆腐干，气味臭得难闻。卖的人大叫"臭豆腐干！""臭豆腐干！"态度自若。

我以为这很有意思。"说真方，卖假药""挂羊头，卖狗肉"，是世间一般的毛病，以香相号召的东西，实际往往是臭的。卖臭豆腐干的居然不欺骗大众，自叫"臭豆腐干"，把"臭"作为口号标语，实际的货色真是臭的。言行一致，名副其实，如此不欺骗别人的事情，怕世间再也找不出了吧！我想。

"臭豆腐干！"这呼声在欺诈横行的现世，俨然是一种愤世嫉俗的激越的讽刺！

还有一种是五云日升楼卖报者的叫卖声。那里的卖报的和别处不同，没有十多岁的孩子，都是些三四十岁的老枪瘪三，身子瘦得像腊鸭，深深的乱头发，青屑屑的烟脸，看去活像个鬼。早晨是不看见他们的，他们卖的总是夜报。傍晚坐电车打那儿经过，就会听到一片发沙的卖报声。

他们所卖的似乎都是两个铜板的东西，如《新夜报》《时报号外》之类。叫卖的方法很特别，他们不叫"刚刚出版××报"，却把价目和重要新闻标题联在一起，叫起来的时候，老是用"两个铜板"打头，下面接着"要看到"三个字，再下去是当日的重要的国家大事的题目，再下去是一个"哪"字。"两个铜板要看到十九路军反抗中央哪！"在福建事变起来的时候，他们就这样叫。"两个铜板要看到日本副领事在南京失踪哪！"藏本事件开始的时候，他们就这样叫。

在他们的叫声里任何国家大事都只要花两个铜板就可以看到，似乎任何国家大事都只值两个铜板的样子。我每次听到，总深深地感到冷酷的滑稽情味。

"臭豆腐干！""两个铜板要看到××××哪！"这两种叫卖者颇有幽默家的风格。前者似乎富于热情，像个矫世的君子；后者似乎鄙夷一切，像个玩世的隐士。

绕室旅行记

施蛰存

我一出学校门，就想旅行。动机是非常迂腐，原来一心要学"太史公"的文章。当时未曾读过全部《史记》，只读了《项羽本纪》《刺客列传》《滑稽列传》等三五篇。但林琴南的翻译小说却看了不少。一本《大食故宫余载》，尤其是我平生最爱书之一。据说林琴南的文章是"龙门"笔法，而"龙门"笔法是得力于游名山大川的。所以我渴想旅行，虽然我对于山水之趣并不十分浓厚。

可是到现在为止，我的足迹还是北不过长江，南不过浙江。旅行的趣味，始终不曾领略过。这理由是一则为了没有钱，二则为了没有闲，而没有闲也就是为了没有钱。所以三年前就说要逛一趟北平，到今天也还未曾治装成行，给朋友们大大的笑话，说是蚂蚁也该早爬到了。

今天气候很坏，天上阴霾，地上潮湿。看看报纸，北平附近似乎也不安逸，别说旅行去，便是想也不敢想它一想。桌上有几张现成的笺纸，突然兴发，不知打从什么地方来了一股勇气，抓起一支秃了尖的邵芝岩小提笔，挥洒了一联吴梅村的诗句，叫做"独处意非关水石，逢人口不识杯铛"。摊在地上一看，毕竟没有功夫，不成体统。再写一联，叫做"瀹茗夸阳羡，论诗到建安"。这回字大了，魄力益发不够。写字一道，看来与我终竟无缘，只得抛进字簏去。唯有这两联诗句，着实看得中，将来免不得要请别人写了。

收拾好墨池水滴，揩干净书桌，恰好校役送来一本《宇宙风》，总算有了消闲具。看到秋荔亭墨耍之一，觉得俞平伯先生的文章游戏愈来愈妙，可惜我又不解棋道，莫敢赞一词。近来棋风似乎很盛，朋友们差不多都能来一手。我却不知如何，怎么也学不好。仿佛是林和靖说过："我样样都会，只有下棋和担粪不会。"这句话倒颇可为我解嘲。只是"样样都会"一项，还是不够资格。而且以下棋与担粪并举，也不免唐突了国手。罪过罪过。

翻完一本《宇宙风》，袖手默坐。眼前书册纵横，不免闲愁潮涌。"书似青山常乱叠。"则书亦是山。"问君能有几多愁，恰似一江春水向东流。"则愁亦是水。我其在山水之间乎？"欲问行人去那边，眉眼盈盈处。"不免打叠闲愁，且向书城中旅行一番。于是乎燃白金龙一支而起。

一站起来，就看见架上那个意大利白石雕像。我幼时有 3 件恩物，是父亲买给我的。第一是一个宜兴砂制牧童骑牛水池，牧童背上的笠子便是水池的盖。原是很普通的东西，但是我很欢喜它。有一天，因为盛水，一不经心，把那个笠子碰碎了一角。惋惜之下，竟哭起来。第二是一架照相机，当时手提摄影机初来中国，一架"柯达"120 号快镜须售 20 元，连一切冲洗附件，共需 30 元。父亲也不忍拂逆我，给如数买来了。摄景，冲晒，忙了两三个月，成绩毫无，兴致也就淡了。在水池之后，照相机之前，我唯一的珍宝便是这个意大利石像。当时随父亲到上海游玩，在爱多亚路一间空屋里看见正在举行意大利石雕展览会，就进去看了一看。不看犹可，一看竟看呆了。我生平未尝见如此可爱的美术品。那时的石雕都是天然的云石（marble），不是如现在市上所有的人造大理石或矾石。所以纯白之中有晶莹，雕刻的人体像没一个不是神采相授的。父亲屡次催促我走，因为他要去干正事。但我却迟疑着，也可说呆立着在那里了。我口虽不言，但欲得之心，却已给父亲看出了。他说："你欢喜就买一个回去吧。"我大喜过望，就挑选了横卧的裸女像。哪知一问价钱却要 100 元以上。父亲连连摇头，我也觉得我不能买这样昂贵的东西。于是只得寻求价钱最便宜的。除了一些小器皿之外，雕像中间标价最便宜的就是这个半身人像，25 元。当下那管理人翻出一本簿子来，查对号数，说这个雕像是一位意大利诗人，名字叫做亚里奥斯妥。我当时方读西洋史，以为一定是这个中国人读错了洋文，这是亚列斯妥德的半身像。但不管他是亚列斯妥德或是亚里奥斯妥，反正都是诗人总不会错。诗人亦我所欲也。当下就请父亲买了下来。重顿顿地捧着走路，捧着上火车，在火车里捧着，直捧到家中。

现在那水池早已不知去向了。那照相机也早给一位同学借到广州去革命，连性命带照相机都断送了。唯有这位意大利诗人还在我书斋中。可惜前年给我的孩子的傻乳娘，用墨笔给它点了睛，深入石理，虽然设法刮掉，终不免有点双目炯炯似的，觉得不伦不类了。

在诗人半身像底下的，是一架旧杂志。我常常怕买杂志。要是不能积成全卷或全年的话，零本的旧杂志最是没办法安置的东西。但是如果要"炒冷饭",旧杂志却比旧书的趣味更大。我的这些旧杂志,正如时下的还在不尽地印出来的新杂志一样,十之九是画报与文艺刊物。画报中间,最可珍贵的是那在巴黎印的《世界》和审美图书馆的《真相画报》。近来中国的画报,似乎专在女人身上找材料,始而名妓,名妓之后是名媛,名女学生,或说高才生,再后一些便变了名舞女,以后是明星,以后是半裸体的女运动家和模特儿,最近似乎连女播音员也走上了红运。然而要找一种像英国的《伦敦画报》、法国的《所见周报》和《画刊》这等刊物,实在也很少。就是以最有成绩的《良友》和《时代》这两种画报来看,我个人仍觉得每期中有新闻性的资料还嫌太少一些。至于彩色版之多,编制的整齐,印刷之精,这诸点,现在的画报似乎还赶不上 30 年前的《世界》。"东方文明开辟五千年以来第一种体式宏壮图绘富艳之印刷物。西方文明灌输数十年以来第一种理趣完备组织精当之绍介品。"这个标语,即使到现在,似乎还应该让《世界》画报居之无愧。至于《真相画报》,我不知道它一共出了几期。在我所有的几期中,印着许多有关辛亥革命的照片,我觉得是很可珍贵的。但我对于它最大的感谢,却是因为我从这份画报中第一次欣赏了曼殊大师的诗画。

在文艺刊物方面,我很欢喜文明书局出版的三本《春声》,我说欢喜,并不对于它的内容而言——虽然我曾经有一时的确很欢喜过它的内容——而是说到它的篇幅。每期都是四五百页的一厚本,也是以后的出版界中不曾有过的事。

在这一大批尘封的旧杂志中,我发现了一个纸包。我已经记不起这里边是什么东西了。我试猜想着:也许是一些撕下来预备汇订的杂志文章,也许是整理好的全年的报纸副刊,如《学灯》

《觉悟》《晨报副刊》之类。打开来一看，却全没有猜中。这是一份纸版。这才想起来，这是一种始终未曾诞生的文艺月刊的创刊号底纸型。

　　大概是十七年的夏天，戴望舒、杜衡和新从北平南归的冯画室都住在我家里。在种种文学的活动之中，我们向上海光华书局接洽好了给他们编一个32开型的新兴文艺小月刊。名字呢，我们费了两天的斟酌，才决定叫做《文学工场》。当时觉得很时髦，很有革命味儿。我们编好了第一期稿子，就送到上海光华书局去。谁送去的，现在可记不起了。过了20天，到了应该在报纸上看见出版广告的日子。一翻报纸，却遍寻不见我们渴盼着的广告。这天，代替了杂志创刊广告的，是光华书局寄来的一封快信，信中很简单地说他们不能给我们刊行这个杂志了，因为内容有妨碍。于是，我很记得，望舒和画室专程到上海去了。次日，他们回来了。带回来了我们的新兴文学小月刊第一期全部纸型。是的，我还记得画室的那副愤慨的神情："混蛋，统统排好了，老板才看内容。说是太"左倾"了，不敢印行，把全副纸版送给我们！"

　　这就是现在我从旧杂志堆里拣出来的一包纸型。真的，我已经早忘却了这回事了。这始终未曾印行出来的《文学工场》创刊号的内容一共包含着五篇文章：第一篇是杜衡的译文《无产阶级艺术的批评》，署名用"苏汶"，这大概是最早见于刊物的"苏汶"了。第二篇是画室的《革命与智识阶级》，这篇文章后来曾登载在《无轨列车》上。第三篇是我的一篇拟苏联式革命小说《追》，署名"安华"，这是我的许多笔名之一。我说这篇是"拟苏联式革命小说"，这并不是现今的说法，即使在当时，我也不能不自己承认是一种无创造性的摹拟：描写方法是摹拟，结构是摹拟，连意识也是摹拟。这篇小说后来也曾在《无轨列车》上发表，并且由水沫书店印行了单行本，终于遭受了禁止发行的命运，这倒是我自己从来也没有敢希望它的。第四篇是江近思的诗《断指》。江近思就是望舒，这首诗后来曾编入《我的记忆》，但似乎删改得多了。第五篇又是画室译的日本藏原惟人的《莫斯科的五月祭》。大概书店老板之所以不敢印行这本杂志，最大的原因恐怕是为了这篇文章，因为这篇文章中间，真有许多怕人的标语口号也。

在这份纸型的最后一页上，我还看到一个"本刊第二期要目预告"。这一期内容似乎多了，一共有七个题目。

黑寡妇街（小说）	苏汶
在文艺领域内的党的政策	画室译
文学的现阶段	周星予
放火的人们（诗）	江近思
寓言	安华
最近的戈理基	升曙梦
戈理基是和我们一道的吗？	绥拉菲莫维支

这七篇文章，除了那首诗从此没有下落之外，其余的后来都曾在别的刊物上发表了。现在看看，觉得最有趣的倒是那么一篇，恰恰说明了1927、1928年的左翼文学刊物了。当我把这一包纸型重又郑重地包拢的时候，心中忽然触念到想把它印几十本出来送送朋友，以纪念这个流产了的文学月刊。

我觉得应该换一个地方逛逛了。于是我离开了这个安置旧杂志的书架，不消三步，就到窗槛边的壁隅了。那里有一只半桌，桌子上安置着一只账箱，是父亲的东西。我拽开账箱门来一看，里面并没有什么账簿算盘之类，不知几时藏在那里的，一个盛贮印章的福建漆盒安逸地高隐着。我不懂得印石的好歹，但是我很喜欢玩印章。这趣味是开始于我在十五六岁时从父亲的旧书箱中找到一本《静乐居印娱》的时候，而在一二月以后从神州国光社函购的一本《簠斋藏古玉印谱》使我坚定了玩赏印章的癖性。这福建漆匣子的二三十枚印石，也是祖传的几件文房具之一，差不多都是"闲图章"，如"花影在书帷""我思古人""正在有意无意之间"，辞句倒都还有趣，只是石质并不很好，而且刻手也不是什么名家，除了我把它们当作"家珍"以外，讲赏鉴的博雅君子是不会中意的。说到印章，我还有一个故事，可资谈助。那是在之江大学读书的时候，每星期日总到"旗下"去玩。走过明德斋那家刻字店，总高兴去看看他们玻璃橱里的印章。有一天，我居然花了8毛钱买了一块椭圆形的印石。不知怎么一想，想到有个杭州人曾经刻过一块图章，文曰"苏小是乡亲"，便摹仿起来，叫刻字店里的伙计给我刻了"家姊是吴宫美人"七个阳文篆字。这是想拉"西施"做一家人了。放了年假，把这颗图章带到家里，给父亲看见了，他就大大地讪笑了我一场，羞得我赶紧来磨掉，现在连这块印石也不知哪里去了。

隔着一行蛎壳长窗，紧对着这账箱，高高地在一只竹架上的，是一个七八年不曾打开过的地球仪箱子，于是在这里边，我又发现了一本民国十一年四月中华书局同人进德会出版的《进德》杂志。我翻开来一看，原来它已不是《进德》杂志，而是我的贴报簿了。这上面所剪贴的大概是十一二年间的《申报》《新闻报》《时报》上的长篇新闻纪事和文艺作品。当时固然为了它们有趣味，所以剪下来保留起来，而现在看看，却是格外有趣味了。在《进德》杂志中的《说平民和平民主义》那篇文章的第二页上，粘着几篇溥仪夫人作品。此外凡所粘贴的东西，都是绝妙好辞，不能一一抄录，只得仿八景之例，记下了八个名目：第一，黎黄坡个电原文。第二，清宫烬余物品目录。第三，巴黎通信，春城葬花记。这是名女优莎拉·蓓尔娜夫人之死的记事，附有夫人遗容与绝笔铜图一帧。第四，李昭实的捷克通信，百衲治化谈。第五，黎明晖小姐的说糖。第六，刘三致黄任之书论四时花序。第七，辜鸿铭论小脚美。第八，美国之麻将潮。这八景实在可以代表了民国十一二年间上海各大报的精华。尤其是《申报》上的李昭实和王一之的欧洲通信，真是很美丽的文字，可惜以后竟无人继起了。

我把这地球仪的箱子重又搁上了书箱顶之后，才想起我的白金龙不知剩下在哪一家别墅的茶几上或哪一座凉亭的石栏上了。走回头路一寻，原来在玩弄印石的时候搁在那账箱旁边了。大半支烟全都烧完，兀自有余烬在那里熏蒸着。这时，太太泡好了一盏新买来的红茶送进来，酽酽的怪有温暖之感。抽烟品茗的欲望打消了我的旅行趣味，何况两足虽未起跰，而两手实已沾满了埃尘乎？好！我回去吧，正如小说中所说的"话休烦絮，瞬息便到了家门"。于是，我又坐下在藤椅中了。

烟和酒

梁得所

For Auld Lang Syne, my dear,

For Auld Lang Syne;

We'll tak'a cup o'kindness yet,

For Auld Lang Syne.

——Robert Burns

上边几行简单的句子，是苏格兰诗人朋斯的名作，自从填入曲谱，便成为世界流行歌，各处都唱着，当朋友久别重逢举杯欢饮的时候。歌词的意思，此刻无须翻译了，我记得在一家酒楼上看过一首现成的题句，意境很相像，题的是：

我有一樽酒，欲以赠故人。

愿子同斟酌，叙此平生亲。

酒，是朋情的溶液。世界各处风俗不同，每每一件东西有两样意义——比如我们以唾面为绝大侮辱，非洲有些地方却以唾面为祝福敬礼——至于酒的意义，却是天下划一。

然而，物件的本身往往是矛盾的，砒霜是毒药，同时可做补剂。酒杯，是腾欢兴奋的宝座；同时又是悲痛颓丧的棺冢啊！

我有时在杂货店里，看见货架上摆着一瓶瓶的酒，颇替它们的前途命运担心。同是一瓶白兰地，可供军队凯旋祝捷宴会之用，亦可供沉船时乘客麻醉等死。同是一瓶花雕，将来卖出去，是供热闹婚筵猜拳之用呢？抑或给孤独的失恋者糊里糊涂地苦饮？可惜我不是算命先生，否则颇想替瓶中的酒占个卦。

酒的命运既不能卜，我唯有希望，每一瓶，每一杯，都在 Auld Lang Syne 的欢唱声中而饮尽，因为酒能增人的欢情，却不能解人愁绪。虽然古语有所谓"何以解忧？唯有杜康"，究不如"借酒浇愁愁愈愁"这话较为真确。

因为笑，世人同你笑；哭，你自己去哭罢。"酒逢知己千杯少"，独酌太容易醉了。

至于醉后的情景怎样的，或者读者比我知得清楚，因为我未曾醉过，虽然人家喝酒我亦奉陪，可是一两杯便很够很够。讲起来又一段笑话：前年有个朋友送我一瓶葡萄红酒，我因没有开瓶拔塞的器具，于是趁中午品茗的时候，把那瓶酒带到茶楼去，叫侍者替我开了。过不久，有人对我的同事说："梁某人酒瘾果然大，中午茶点亦要携酒入座！"再过不久，接到母亲叫妹妹写来的信，劝我不要醉酒。我料不到偶然带酒瓶上茶楼，那么小事也会引起谣言，虽然，连谣言亦是小事而已。

到近来，生活更缺乏酒的意味。编辑室中人人喝茶，我却惯喝白开水。生活平淡，像那不甜不苦的开水一般平淡。朋友，让我和你们共谋一醉，倘若我有不能不醉的时候。

烟，性质和酒很相像，朋友应酬间用之，尤为普遍。比如你到码头去接一位从金山回来的戚友，见面握手之后，他从左襟小袋里拔出一支拇指头一般粗大的雪茄烟，递给你，你欣然受之，于是宾主皆大欢喜。

然而烟并不是专趁热闹的，它常常做寂寞孤独者的伴侣。"何以解闷？唯有烟斗"，这话我想不会说错，因为据我屡次的观察，朋友当中忽然衔起烟斗的，他心里必有烦恼的问题，既缺乏慰解的人，他只好独自咬着烟斗踱来踱去。过些时日，他嘴间的烟斗不见了，我便恭贺他，因为此刻他的困难有了解决，或者烦闷过了气。然而可怜那烟斗，不知被丢弃在什么地方了。

当一个人孤寂而需要烟斗安慰之时，他常和它亲嘴，或放它在怀中。一旦那个人另有伴侣，或者那新伴侣更要他戒烟，他便把烟斗丢到冷清清的屉箱角。世上最可怜，莫如失恋的烟斗。因为人失恋之后，可以发奋吐气，或可以借烟酒而消沉，甚至可以自杀。至于烟斗失恋之后，它的悲哀永远没有出路。

据我所知，烟斗也有荣幸的。记得从前看过一本英文的随笔集，作者在首页题着说："谨将此书献给我的烟斗，因为如果没有它，我就写不出文章。"

香烟公司的广告曾利用"助长文思"为号召。此外，吸烟的朋友每作花言巧语的宣传，说："陈旧烟斗味香而冽，抽一口，味道直透脚趾头。"又说："雪茄烟最好是末后的半寸，聚烟的精华而吸之，简直吸出神仙。"然而那些宣传对我不发生效力，因为我觉得烟味不过一口苦辣而已；普通香烟虽然不大苦辣，却也找不出美味之所在。朋友颇替我可惜，说不会吸烟少了人生一种乐趣。

我既未发觉其乐趣，自然无所谓可惜。不过有时人人吸得高兴，我也燃着一支，烧耗而不是享用，那才有点可惜。

前几个月，美洲华侨一位读者向营业部订阅《良友》，来函说："寄上美金，照兑换除订报尚余1元2角，此款请代送梁得所先生，为买雪茄烟之用；小小意思，请他勿却。"我很感谢那位不相识的朋友美意，虽然1元2角已换了书券寄还他。我并不以为那些钱近于小账打赏，"买雪茄烟之用"实在高雅得很；只是一来我不吸烟，二来馈赠无非表示一点意思，不在乎实物之收受。因此才把赠款璧还，盛情心领，心领。

朋友来访我，香烟也欠奉；而千里之外，竟有以雪茄见赠者。生平对人多欠负，故交新知，疏远为憾！偶然写成一篇"酒和烟"，即此敬奉四方的良友罢。

盼望我所写的随笔，堪作一种不含毒质的烟酒，虽然可有可无，亦不失其意味。此外不敢有什么奢望，因为我自己知道，这些文字，浅薄不足以做粮食，平凡而非药石之言。

影戏院与"舞台"

郑振铎

　　有许许多多事情会使我们不自禁地产生了很深的感慨。这并不是我们生来多伤感，乃是这个大都市的上海可伤感的事实在太多了。这种伤感，也并不是那一班浅薄无聊的都市咒骂者的"都市是万恶之源"一类的伤感，我们是赞颂都市的，我们对于都市毫无恶感，我们认为都市乃是近代文化的中心，我们并不敢追逐于自命清高者之后以咒骂都市。我们之伤感，乃是半由民族的感情而生，半由觉察了那两种绝异的东西文明之不同而生。今不说前者，只说后者。关于后者，姑举影戏院与"舞台"为一例。

　　电影在近二三年来突然成为上海居民最经常的娱乐，因此影戏院的建立也一天天多了；在这些影戏院中，规则与秩序当是维持得很好，清洁与安逸也能充分地注意。这是很乐观的事。由这种影戏院中，颇可使上海居民受到了向所不曾习惯的团体生活与娱乐的规则。

　　但不幸，我们是到影戏院去的时候太多了，偶然的一二次，真是难得的一二次，到了什么什么"舞台"去，便要惹得了满心的不快！

你看那台上坐了一班衣冠不整的乐队，便第一要十分的难过。他们把自己也放入戏中，看戏的人不期地会起了太不调和之感。有时卖座太好了，连舞台上也要坐满了看客呢。不止一次，剧台的两旁是密密的高高低低的排坐了好几排的人。这些看客却也混入戏剧的表演中了，未免太是可笑！

其次，你看，每一日或夜所演的几出戏中，一定有"全武行"的武戏一二出，那真是使人头痛的把戏！锣鼓之声，震得人耳鼓欲聋了不必说，即看了一对一对的小喽啰赤了上身在台上翻滚斗，翻来翻去的不休不息，也就够你恶心的了。有一次，一个七八岁的孩子也在台上团团转地连翻了好几十个滚斗。这使台下的观客大为拍掌了。我只好默默地难受，恨不得立刻走开了。我以为这种卖唱卖艺的古代遗物大可以不必再在舞台上"献丑"了。但有的人却说，主角对打得太吃力了，不得不叫他们出来一下，使主角有休息的机会。然而主角在台上本就不该对打得太吃力！

再有，你想想看，中国舞台戏是演得如何的时间长久！日戏下午 12 时半上场，直到 6 时始散，夜戏约 7 时上场，直到午夜 12 时半才散；一场紧接着一场，走马灯似的不使观客有一丝一毫的宁神静思的机会。一口气坐了六七个小时，聚精会神地仰了头看看，你想够多么费力！如此地连看了几十天，不死也要大病一场！有人说，许多人都要等到好戏上场才来呢。然则何不专做好戏而取消了那些专为消磨时间计的前轴子的一批戏？

这都是舞台上的大缺点，至于艺术上应该改革的，还不知有多少呢，一时也说不尽，且搁下不谈。

谈到戏台下的情形，那更可使人感叹不已了。我们以为到戏园看戏，买了票子进去，先去的坐了好位，或有号码的，依了号码而坐着，一点问题也没有。孰知是大谬不然！你在门口票柜上买了票，准确保你坐得的位置是下下等，不管你是第一个人来。原来好的位置都已为案目们留下，留给他们的主顾了。你如要做他们的主顾，那也容易，额外是要出很不少的钱，且将来还有别的花样。你如没有一个认识的案目，那你一辈子别想坐好座子，前面的一排一排的空椅上都写好了某公馆某号定。你如要去占座，他们非来铁青了面孔和你办交涉不可。你坐在后排不管，还要不时地听到后来的人和案目们商量坐到前面的话。一个个比你后来而且也没有定位的，都坐到你的前面了，试问你要不要生气！哪里是来看戏，简直是来受气！

你坐定了，你也许和案目们认识而有了好位置了，其次使你麻烦不已的便是如穿梭似的往来着，高举了货物篮或盘在头上的小贩子，他们时时挡住了你的视线，时时和客人们讲价之声或喊卖之声，扰乱了你的静听。

再其次，使你觉得十分的难过的便是一般的观众了。他们随时吐痰、吃东西，随时高声谈话，随时进进出出，一点秩序也没有，这也将使你的听戏或观戏的目的为之打扰了不少。

再有，再有……不必详举了，这已尽够使你感伤了。

即使中国戏是如何的高妙，如何的有价值——这是假定他是如此的——即使中国戏是如何的可以不朽，如何的可以吸引全世界的观客，如果"舞台"——戏场——的情形长此不变，则稍有思想者，稍喜安全者，恐惧将裹足不前了。

上海的"舞台"，如果要彻底的改革，至少须实行下列的条件：

一、乐队的位置移至台后或台下。

二、演剧时间减短，至多以三小时为限。

三、武戏少演为妙，即演小喽啰万不可再在台上大显"好身手"。

四、废除案目制度，改为直接购票或订座，票上最好印有号码。

五、不准剧场中往来喊卖食物。

六、每场完毕后，略有休息的时间。

七、观客不得于演戏之中段喊声叫好。

八、观客不得于演剧之中段，自由进座或离座。

九、后来的观客，须在门外等候，待一出演毕时方可进场，就座。

上海的茶楼

郁达夫

茶，当然是中国的产品。《尔雅》释槚为苦茶，早采为茶，晚采为茗。《茶经》分门别类，一曰茶，二曰槚，三曰莈，四曰茗，五曰荈。《神农食经》，说茗茶宜久服，令人有力悦志。华佗《食论》，也说"苦茶久食，益意思"。因此中国人，差不多人人爱吃茶，天天要吃茶；柴米油盐酱醋茶，至将茶列入了开门七件事之一，为每人每日所不能缺的东西。

外国人的茶，最初当然也系由中国输入的奢侈品，所谓梯、泰（Tea，The'）等音，说不定还是闽粤一带，土人呼茶的字眼。

日记大家 Pepys 头一次吃到茶的时候，还娓娓说到它的滋味性质，大书特书，记在他的那部可宝贵的日记里。外国人尚且推崇得如此，也难怪在出产地的中国，遍地都是卢仝、陆羽的信徒了。

茶店的始祖，不知是哪个人，但古时集社，想来总也少不了茶茗的供设；风传到了晋代，嗜茶者愈多，该是茶楼酒馆的极盛之期。以后一直下来，大约世界越乱，国民经济越不充裕的时候，茶馆店的生意也一定越好。何以见得？因为价廉物美，只消有几个钱，就可以在茶楼住半日，见到许多友人，发些牢骚，谈些闲天的缘故。

上面所说的，是关于茶及茶楼的一般的话；上海的茶楼，情形却有点儿不同，这原也像人口过多，五方杂处的大都会中常有的现象，不过在上海，这一种畸形的发达更要使人觉得奇怪而已。

上海的水陆码头，交通要道，以及人口密聚的地方的茶楼，顾客大抵是帮里的人。上茶馆里去解决的事情，第一是是非的公断，即所谓吃讲茶；第二是拐带的商量，女人的跟人逃走，大半是借茶楼为出发地的；第三，总是一般好事的人去消磨时间。所以上海的茶楼，若没这一批人的支持，营业是维持不过去的，而全上海的茶楼总数之中，以专营这一种营业的茶店居五分之四；其余的一分，像城隍庙里的几家，像小菜场附近的有些，总是名副其实，供人以饮料的茶店。

譬如有某先生的一批徒弟，在某处做了一宗生意，其后更有某先生的同辈的徒弟们出来干涉了，或想分一点肥，或是牺牲者请出来的调人，或者竟系在当场因两不接头而起冲突的诸事件发生之后，大家要开谈判了，就约定时间，约定伙伴，一起上茶馆里去。这时候，聚集的人，自然是愈多愈好，文讲讲不下来，改日也许再去武讲的，比他们长一辈的先生们，当然要等到最后不能解决的时候，才来上场。这些帮里的人，也有着便衣的巡捕，也有穿私服的暗探，上面没有公事下来，或牺牲者未进呈子之先，他们当然都是那一票生意经的股东。这是吃讲茶的一般情形，结果大抵由理屈者方面会茶钞，也许更上饭馆子去吃一次饭都说不定。至于赎票，私奔，或拐带等事情的谈判，表面上的当事人人数自然还要减少；但周围上下，目光炯炯，侧耳探头，装作毫不相干的神气，或坐或立地埋伏在四面的人，为数却也决不会少，不过紧急事情不发生，他们就可以不必出来罢了。从前的日升楼，现在的一乐天、全羽居、四海升平楼等大茶馆，家家虽则都有禁吃讲茶的牌子挂在那里，但实际上顾客要吃起讲茶来，你又哪里禁止得他们住。

除了这一批有正经任务的短帮茶客之外，日日于一定的时间来一定的地方作顾客的，才是真正的卢仝、陆羽们。他们大抵是既有闲而又有钱的上海中产的住民；吃过午饭，或者早晨一早，他们的两双脚，自然向熟的地方走。看报也在那里，吃点点心也在那里，与日日见面的几个熟人谈推背图的实现，说东洋人的打仗，报告邻右一家小户人家的公鸡的生蛋也就在那里。

物以类聚，地借人传，像在跑马厅的附近，顾客的性质与种类自然又各别了。上海的茶店业，既然发达到了如此的极盛，自然，随茶店而起的副业，也要必然地滋生出来。第一，卖烧饼、油包，以及小吃品的摊贩，当然，城隍庙的境内的许多茶店，多半是或系弄古玩，或系养鸟儿，或者也有专喜欢听说书的专家茶客的集会之所。像湖心亭、春风得意楼等处，虽则并无专门的副作用留存着在，可是有时候，却也会集茶客的大成，坐得济济一堂，把各色有专门嗜好的茶人尽吸在一处的。至如有女招待的吃茶处，以及游戏场的露天茶棚之类，内容不同是等于眉毛之于眼睛一样，一定是家家茶店门口或近处都有的。第二，是卖假古董小玩意的商人了；你只教在热闹市场里的茶楼坐他一两个钟头，像这一种小商人起码可以遇见十人以上。第三，是算命、测字、看相的人。第四，这总算是最新的一种营业者，而数目却也最多，就是航空奖券的推销者。至如卖小报，拾香烟蒂头，以及糖果香烟的叫卖人等，都是这一游戏场中所共有的附属物，还算不得上海茶楼的一种特点。

还有茶楼的夜市，也是上海地方最著名的一种色彩。小时候在乡下，每听见去过上海的人，谈到四马路青莲阁四海升平楼的人肉市场，同在听天方夜谭一样，往往不能够相信。现在因国民经济破产，人口集中都市的结果，这一种肉阵的排列和拉撕的悲喜剧，都不必限于茶楼，也不必限于四马路一角才看得见了，所以不谈。

城隍庙的书市

阿　英

　　熟悉上海掌故的人，大概都知道城隍庙是中国的城隍，外国的资本。城隍庙是外国人拿出钱来建筑，而让中国人去烧香敬佛。到那里去的人，每天总是很多很多，目的也各自不同。有的带了子女，买了香烛，到菩萨面前求财祈福。有的却因为那里是一个百货杂陈，价钱特别公道的地方，去买便宜货。还有的，可说是闲得无聊，跑去散散心，喝喝茶，抽抽烟，吃吃瓜子。至于外国人，当然也要去，特别是初到中国来的；他们要在这里考察中国老百姓的风俗习惯，也是要看看他们在中国所施与的成果。所以，当芥川龙之介描写"城隍庙"的时候，特别地注意了九曲桥的乌龟，和中国人到处撒尿的神韵，很艺术地写了出来。我也常常到城隍庙，可是我却另具一番不同于他们的目的，说典雅一点，就是到旧书铺里和旧书摊上去"访书"。

　　我说到城隍庙里去"访书"，这多少会引起一部分人奇怪的，城隍庙那里，有什么书可访呢？这疑问，是极其有理。你从"小世界"间壁街道上走将进去，就是打九曲桥儿兜个圈子再进庙，然后从庙的正殿一直走出大门，除开一爿卖善书的"翼化善书局"，你实在一个书角也寻不到。可是，事实没有这样简单，要是你把城隍庙的拐拐角角都找到，玩得幽深一点，你就会相信城隍庙不仅是百货杂陈的商场，也是一个文化的中心区域，有很大的古董铺、书画碑帖店、书局、书摊、说书场、画像店、书画展览会，以至于图书馆，不仅有，而且很多，而且另具一番风趣。对于这一方面，我是相当熟悉的，就让我来引你们畅游一番吧。

我们从"小世界"说起。当你走进间壁的街道，你就得留意，那儿是第一个"横路"，第一个"湾"。过到"湾"了，不要向前，你首先向左边转去，这就到了一条"鸟市"；"鸟市"，是以卖鸟为主，卖金鱼，卖狗，以至于卖乌龟为副业的街。你闲闲地走去，听听美丽的鸟的歌声，鹦哥的学舌，北方口音和上海口音的论价还钱，同时留意两旁，那么，你准会发现一家东倒西歪的，叫做"饱墨斋"的旧书铺。走进店，左壁堆的是一直抵到楼板的经史子集；右壁是东西洋的典籍，以至于广告簿；靠后面，则是些中国旧杂书，20 年来的杂志旧报，和许多重要不重要的文献，是全放在店堂中的长椅子上，这椅子一直伸到门口，在门口，有一个大木箱，也放了不少的书，上面插着纸笺——"每册 5 分"。你要搜集一点材料吗？那么，你可以耐下性子，先在这里面翻，经过相当的时间，也许可以翻到你中意的，定价很高的，甚至访求了许多年而得不着的，自然，有时你也会花了若干时间，弄得一手脏，而毫无结果。可是，你不会吃亏，在这"翻"的过程中，可以看到不会见到、听到的许多图书杂志，会像过眼云烟似的温习现代史的许多片段。翻书本已是一种乐趣，而且还有一些意想不到的收获呢！中意的书已经拿起了，你别忙付钱，再去找台子上的，那里多的是整套头的书，《创造月刊》合订本啦，第一卷的《东方杂志》全年啦，《俄国戏曲集》啦，只要你机会好，有价值的总可以碰到，或者把你残缺的杂志配全。以后你再向各地方，书架上，角落里，桌肚里，一切你认为有注意必要的所在，去翻检一周，掌柜的决不会有什么误会和不高兴。最后耗费在这里的时间，就是讲价钱了，城隍庙的定价是靠不住的，他"漫天开价"，你一定要"就地还钱"，慢慢地和他们"推敲"。要是你没有中意的，虽然在这里翻了很久，一点不碍的，你尽可扑扑身上的灰，很自然地走开，掌柜有时还会笑嘻嘻地送你到大门口。

在旧书店里，仅仅在翻检上用功夫，是不够的，因为他们的书不一定放在外面，您要问："老板，你们某一种书有吗？"掌柜的是记得清自己书的，如果有，他会去寻出来给你看。要是没有，你也可以委托他寻访，留个通信处给他。不过，我说的是指的新书，要是好的版本，甚至于少见的旧木版书，那就要劝你大可不必。因为藏在他们架上的木版书虽也不少，好的却百不得一，收进的时候，并不是没有好书，这些好书，一进门就会被三四马路和他们有关系的旧书店老板挑选了去，标上极大的价钱卖出，很少有你的份。这没有什么奇怪，正和内地的经济集中上海一样，是必然的。但偶尔也有例外。说一件往事吧，有一回，我在四马路"受古书店"看到了六册残本的《古学汇刊》，里面有一部分我很想看看，开价竟是实价14元，原定价只有3元。当然我不会买，到了"饱墨斋"，我问店主："《古学汇刊》有吗？"他想了半天，起了似乎有这部书的意念，跑进去找，竟从灶角落里找了20多册来，差不多是全部的了。他笑嘻嘻地说："本来是全的，我们以为没有用，扔在地下，少掉几本，给丢了。"最后讲价，是两毛钱一本。这两毛一本的书，到了三四马路，马上就会变成两块半以上，真是有些恶气。不过这种机会，是毕竟不多的。

带住闲话吧。从"饱墨斋"出来，你可以回到那个"湾"的所在，向右边转。这似乎是条"死路"，一面是墙，只有一面有几家小店，巷子也不过两尺来宽。你别看不起，这其间竟有两家是书铺，叫做"葆光"的一家，还是城隍庙书店的老祖宗，有十几年悠长的历史呢。第一家是"菊舲书店"，主要的是卖旧西书，和旧的新文化书，木版书偶尔也有几部。这书店很小，只有一个兼充店伙的掌柜，书是散乱不整。但是，你得尊重这个掌柜的，在我的经历中，在城隍庙书林内，只有他是最典型，最有学术修养的。这也是说，你在他手里，不容易买到贱价书，他识货。这个人很欢喜发议论，只要引起他的话头，他会滔滔不绝地发表他的意见。譬如有一回，我拿起一部合订本的《新潮》一卷："老板，卖多少钱？"他翻翻书："一只洋。"我说："旧杂志也要卖这大价钱吗？"于是他发议论了："旧杂志，都是绝版了，应该比新书的价钱卖得更高呢。这些书，老实说，要买的人，我就要3块钱，他也得挺着胸脯来买，不要的，我就要两个角子，他也不会要，一块钱，还能说贵么？你别当我不懂，只有那些墨者黑也的人，才会把有价值的书当报纸卖。"争执了很久，还是一块钱买了。在包书的时候，他又忍不住地开起口来："肯跑旧书店的人，总是有希望的，那些没有希望的，只会跑大光明，哪里想到什么旧书铺。"近来他的论调却转换了，他似乎有些伤感。这个中年人，你去买一回书，他至少会重复向你说两回："唉！隔壁的葆光关了，这真是可惜！有这样长历史的书店，掌柜的又勤勤恳恳，还是支持不下去。这个年头，真是百业凋零，什么生意都不能做！不景气，可惜，可惜！”言下总是不胜感伤之至，一脸的忧郁，声调也很凄楚。当我听到“不景气”的时候，我真有点吃惊，但马上就明白了，因为在他的账桌上，翻开了的，是一本社会科学书，他不仅是一个会做生意的掌柜，真仿佛是现代《儒林外史》里的异人了。

听了“菊舲书店”掌柜的话，你多少有些怅惘吧？至少，经过间壁“葆光”的时候，你会稍稍停留，对着上了板门而招牌仍在的这失败者，发出一些静默的同情。由此向前，就到了九曲桥边。这里，有大批的劣质书在叫卖，有位“西洋景”的山东老乡，把裸体女人放出一半，摇着手里的板铃，高喊着叫“看活的”，来招诱观众。你可以一路看，一路听，走过那有名的九曲桥，折向左，跑过 6 个铜子一看的怪人的把戏场，一直向前，碰壁转弯——如果你不碰壁就转弯，你会有“柳暗花明”之感了。先呈现到你眼里的，会是几家镜框店，最末一家，是发卖字画古董书籍的“梦月斋”。你想碰碰古书，不妨走进去一看，不然，是不必停留的。沿路向右转，再通过一家规模宏大的旧书店，跑到护龙街。在护龙街，我们可以看到一街的旧书店，“存古斋”啦，“艺芸阁”啦，“欣赏斋”啦，“来青阁”啦，“适存斋”啦，“文学山房”啦，以及其他的书店、刻字店。护龙桥，也是一样，无论是桥上桥下，桥左桥右，桥前桥后，也都是书店、古玩店、刻字店。所不同于护龙街者，就是在护龙街，多的是“店”，而护龙桥多的是“摊”，护龙街多的是古籍，护龙桥多的是新书；护龙街来往的，大都是些“达官贵人”，在护龙桥搜书的，不免是“平民小子”；护龙街是贵族的，护龙桥却是平民的。

现在，就以护龙桥为中心，从桥上的书摊说下去吧。这座桥的建筑形式，和一般的石桥一样，是弓形的，桥下面流着污浊的水，桥上卖书的大"地摊"，因此，也就成了弓形。一个个盛洋烛火油的箱子，一个靠一个，贴着桥的石栏放着，里面满满地塞着新的书箱和杂志，放不下的就散乱地堆铺在地下。每到吃午饭的时候，这类的摊子就摆出了，3个铜子一本，2毛小洋一扎，贵重成套的有时也会卖到1元2元。在这里，你一样的要耐着性子，如果你穿着长袍，可以将它兜到腰际，蹲下来，一本一本地翻。这种摊子，有时也颇多新书，同一种可以有10册以上。以前，有一个时期，充满着"真美善"的出版物，最后去的一天，却看到大批的《地泉》和《最后的一天》了，这些书都是崭新的，你可以用最低的价钱买了下来。比"地摊"高一级的，是"板摊"，用两块门板，上面放书，底下衬两张小矮凳，买书的人只要弯下腰就可以拣书。这样的"板摊"，你打护龙桥走过去，可以看到三四处；这些"摊"，一样以卖新杂志为主，也还有些日文书。一部日文的1元书，两毛钱可以买到；一部《未名》的合订本，也只要两毛钱；《小说月报》，三五分钱可以买到一本。这里面，也有很好的社会科学书，历史的资料。我曾经用10个铜子在这里买了两部绝版的书籍：《五四》和《天津事变》。文学书是更多的。这里不像"地摊"，没有多少价钱好还。和这样的摊对立的，是测字摊，紧接着测字摊，就有5家"小书铺"，所谓"小书铺"，是并没有正式门面，只是用木板就河栏钉隔起来的五六尺见方，高约一丈的"隔间"。这几家，有的有招牌，有的根本没有，里面有书架，有贵重的书，主要的是卖西书。不过这种人家，无论西书抑或是中籍，开价总是很高，"商务""中华""开明"等大书店的出版物，照定价打上四折是顶道地，你想再公道，是办不到的；杂志都移到"板摊"上卖，这里很难见到。我每次也要跑进去看看，但除非是绝对不可少的书籍，在这里买的时候是很少的。这样书铺的对面，是两三家的碑帖铺，我与碑帖无缘，可说是很少来往。在护龙桥以至于城隍庙的书区里，这一带是最平民的了。他们一点也不像三四马路的有些旧书铺，注意你的衣冠是否齐楚，而且你只要腰里有一毛钱，就可以带三两本书回去，做一回"顾客"；不知道只晓得上海繁华的文人学士，也会想到在这里有适应于穷小子的知识欲的旧书否？无钱买书，而常常在旧书店里背手对着书籍封面神往，遭店主轻蔑的冷眼的青年们，需要看书么？若没有图书馆可去，或者需要最近出版的，就请多跑点路，在星期休假的时候，到这里来走走吧。

由此向前，沿着石栏向左兜转过去，门对着另一面石栏的，有一家叫做"学海书店"的比"板摊"较高级的书铺，里面有木版旧书，有科学、史学、哲学、社会科学、文学书；门外的石栏上，更放着大批的"鸳鸯蝴蝶派"的书。你也可常花一些时间，在这里面浏览浏览，找找你要买的书。不过，他们的书，是不会像摊上那么贱卖的。一部绝版的《新文学史料》，你得花 5 毛钱才能买到，一部《海滨故人》或是《天鹅》，也只能给你打个四折。在这些地方，你还有一点得注意，如果有一本书的名字对你很生疏，著作人的名字很熟悉，你不要放过它。这一类的书，大概是别有道理的。外面标着郭沫若著的《文学评论》（是印成的），里面会是一本另一个人作的《新兴文学概论》；外面是黄炎植的《文学杰作选》，里面会是一部张若英的《现代文学读本》；外面是蒋光慈的什么女性的日记，里面会是一册绝不是蒋光慈著的恋爱小说；外面是一个很腐朽的名字，里面会是一部要你"雪夜闭门"读的书。至于那些脱落了封面的，你一样要一本一本地翻，也许那里面就有你求之不得的典籍。离开这家书铺，沿店铺向右转进去，在这凹子里，又有一家叫做"粹宝斋"的店。这书店设立不久，书也不多，有的是很少的木版旧籍，和辛亥革命初期的一些文献。木版旧籍中，也有一两部明版，但都是容易购求的；比较惹我注意的，只是一部篯古山房版的《两当轩诗钞》，然而，在数年前我早已购得了，且是棉料纸的。总之，这"粹宝斋"你要想买到新文学的文献，或者社会科学书，是很难以如愿的。看过这家书店，你可以重行过桥了，过桥向右折，是一个长阔的走廊，里面有一个卖杂书的"书摊"，出了"廊"，仍旧回到了"梦月斋"的所在。到这时，护龙桥的书市，算你逛完了，但是，此行你究竟买到几册书呢？

跟着潮水一般的游客，你去逛逛城隍庙吧。各种各样的店铺，形形色色的人群，你不妨顺便去考察一番。随着他们走进城隍庙的边门，先看看最后一进的城隍庙娘娘的卧室，两廊用布画像代塑佛的二殿，香烟弥漫佛像高大的正殿，虔诚进香的信男信女，看中国妇女如何敬神的外国绅士，充满了"海味"的和尚，在这里认识认识封建势力，是如何仍旧在支配着中国的民众，想一想我们还得走过怎样艰苦的路程，才能走向我们的理想。然后，你可以走将出去，转到殿外的右手，翻一翻城隍庙唯一的把杂志书籍当报纸卖的"书摊"。这"书摊"，历史也是很长的了，是一个曲尺的形式的板架，上面堆着很多的中外杂志和书。我再劝你耐下性子，不要走马看花似的，在这里好好地翻一翻。而且在你翻的时候，你可以旁若无人地把看过的堆作一堆，要买的放在一起，马马虎虎地把拣剩的堆子摊匀一下。卖书的是一个很和气的人，无论你怎么翻，怎么拣，他都没有话说，只是在旁边的茶桌上和几个朋友谈天说地，直到你喊"卖书的"，他才笑嘻嘻地走了过来。在还价上，你也是绝对的自由，他要十个铜子，你还他一个，也没有愠意，只是说太少。讲定了价，等到你付钱，发现缺少几个，他也没有什么，还会很客气地向你说："你带去看好了，钱不够有什么关系，下次给我吧。"他有如此的慷慨。这里的书价是很贱，一本刚出版的三四毛钱的杂志，十个铜子就可以买了来，有时还有些手抄本，东西典籍之类。最使我不能忘的，是我曾经在这里买到一部黄爱、庞人铨的遗集。

城隍庙的书市并不这样就完。再通过迎着正殿戏台上的图书馆的下面，从右手的门走出去，你还会看到两个门板书摊。这类书摊上所卖的书，和普通门板摊上的一样，石印的小说，《无锡景》《时新小调》《十二月花名》之类。如果你也注意到这一方面的出版物，你很可以在这里买几本新出的小书，看看这一类大众读物的新的倾向，从这些读物内去学习创作大众读物的经验，去决定怎样开拓这一方面的文艺新路。本来，在城隍庙正门外，靠小东门一头，还有一旧书铺，这里面有更丰富的新旧典籍，"一·二八"以后，生意萧条，支持不下去，现在是改在老西门，另外经营教科书的生意了。如果时间还早，你有兴致，当然可以再到西门去看看那一带的旧书铺；但是我怕你办不到，经过二十几处的翻检，你的精神一定是很倦乏了……

买旧书

施蛰存

吾乡姚鸿维先生有句云："暇日轩眉哦大句，冷摊负手对残书。"近来衣食于奔走，殊业暇日，轩眉哦句之乐，已渺不可得，只有忙里偷闲，有时在马路边看见旧书店或旧书摊，倒还很高兴驻足一看。我觉得这"冷摊负手对残书"，的确是怪有风味的。

上海的旧书店，大概可以分为三种：第一种是卖线装旧书的，这就等于古董店，价钱比新书还贵。第二种是专卖中西文教科书的，大概在每学期开始时总是生意兴隆得很，因为会打算盘的学生们都想在教科书项下省一点钱下来，留作别用，横竖只要上课时有这么一本书，新旧有什么关系呢？第三种是卖一般读物的西文书的，也就是我近年来常常去消遣那么十几分钟的地方。

在中日沪战以前，靶子路虹江路一带很有几家旧书店，虽然他们是属于卖教科书的，但是也颇有些文学艺术方面的书。我的一部英译《莫泊桑短篇小说全集》便是从虹江路买来的。

西文旧书店老板大概都不是版本专家，所以他的书都杂乱地堆置着，不加区分，你必须一本一本地翻，像淘金一样。有时你会在许多无聊的小说里翻出一本你所悦意的书。我的一本第三版杜拉克插绘本《鲁拜集》，就是从许多会计学书堆里发掘出来的。但有时，你也许会翻得双手乌黑而了无所得。可是你不必抱怨，这正也是一种乐趣。

蓬路口的添福书庄，老板是一个曾经在外国兵轮上当过庖丁的广东人，他对于书不很懂得，所以他不会讨出很贵的价钱来。我的朋友戴望舒曾经从他那里以十元的代价买到一部三色插绘本《魏尔仑诗集》，皮装精印五巨册，实在是便宜的交易。

说到这部《魏尔仑诗集》，倒还有一个好故事。望舒买了此书之后一日，来了一个外国人，自称是爱普罗影戏院的经理。他上一天也在添福书庄看中了这部书，次日去买，才知已经卖出了，他从那书店老板处问到了望舒的住址，所以来要求鉴赏一下。我们才知道此公也是一个"书淫"，现在他已在愚园路和他的夫人开了一家旧书铺。文学方面的书很多，本报的读者假如高兴去参观参观，他一定可以请你看许多作家亲笔签字本、初版本、限定本的名贵的书籍的。他的定价也很便宜，一本初版的《曼殊斐儿小说集》只卖十五元，大是值得。因为这本书当时只印二百五十部，在英国书籍市场中，已经算是罕本书了。

买旧书还有一种趣味，那就是可以看到各种不同的题字和藏书帖（Exlibris）。我的一本爱德华利亚的《无意思之书》，本来是一种儿童用书，里页上却题着：

　　To John

　　　Fr. His loving wife Eliza

　　　　X' mas1917

从此可以想象得到这一双稚气十足的伉俪了。藏书帖是西洋人贴在书上的一张图案，其意义等于我国之藏书印，由来亦已甚古，在旧书上常常可以看到很精致的。去年在吴淞路一家专卖旧日本书的小山古书店里看见一本书中贴着一张浮世绘式的藏书帖，木刻五色印，艳丽不下于《清宫皕美图》（即《金瓶梅》插绘），可惜那本书不中我意，没有买下来。现在倒后悔了。

回力球场

曹聚仁

一、亚尔培路上的陷阱

聪明的猎户，他知道饿得慌了的虎豹，听见羊的咩咩叫声会是绝大的诱惑。在山谷里挖下深深的地窖，布置一个坚固的陷阱，阱底关了一只小羊，让它不断咩咩地叫着。虎豹向着咩咩的叫声走来，一踏上那松铺着的松枝树叶，整个儿陷落下去，无论怎样挣扎，总是不能出来，给猎户捉去作战利品。在上海这大都市里，这一类陷阱很多很多，众人皆知的有两所，都在亚尔培路上，回力球场便是其中之一。饿得慌了的小市民，给咩咩叫声诱了进去，一进了亚尔培路的球场大门，就休想出来了。

人，一走进回力球场，他的意识情绪完全改变样儿了。他变成定命论者，变成多疑，易于冲动，利害关系克服了友谊，这样的野蛮人，他觉得自己的推测比谁都高明，准定会赢钱，可惜错过了机会；他如同吃醉了酒，一切节制的力量都消失掉了。

据回力球场老板的说法，这并不是赌博，这是最高尚的游戏。他替你们聘请世界上最著名的球员到上海来比赛，你可以赏鉴神出鬼没的赛球技术，你可以凭球员技术的高下来买票，你可自信有评判技术高下的眼力。假说是赌博，这的确不是赌博，因为无论哪一种赌博，总有碰着好运道赢大钱的人；唯有进回力球场的，千个中有九百九十九个半是输的，仿佛土财主碰着翻戏党，非倾家荡产不能脱身。这当然算不得是赌博了。朋友们知道我研究过回力球，问我："研究的结果怎样？"我说："你若耐性听的话，让我从球场老板的魔术说起；假若不爱听，那请你不闻不问，不进回力球场是第一。"

回力球场老板，大概是一位最高明的魔术家，他能变五颜六色的纸片成为各式各样的钞票，谁也看不出其中的巧妙。这位高明的魔术家，他花很大的本钱，聘请了近40位回力球的优选球员，布置了一所四季咸宜的看台。他说，请你们来鉴赏球艺，娱乐娱乐。这样他的烟幕弹便布成了。其实他是坐在办公室里，办公桌上摊着博赛赢位数字排列盘，你仔细地把数字纸片和球员姓名的纸片，按着盘次分别排下去，仿佛教务处里的教务员，替教员排课程表，要教室不冲突，要时间不冲突，又要课程不冲突，排出一个适当的秩序来。秩序排好，比赛球员的名单便在广告上出现。隔一天晚上，球员便依照他所预定的秩序打了出来，排秩序单是容易的，但要人人上当而人人不觉其上当，这样巧妙的秩序单，那就不容易排了。那位聪明的老板，他十分懂得群众心理，进而利用群众心理，进而转移群众心理。许多心理学家在他的面前跌跟斗，可见他所运用手腕的高明了。

这位聪明的老板，我们应该称他为巨人才对，他把握了千千万万人们的命运。巨人心里想：赌客所赋予的 Commission，那是我的维他命，我可不能使赌客太失望，万一赌客输怕了，我将"同归于尽"呢。可是他又想：我又不能让一部分人很容易地吃到甜头，替一部分人掠取大部分人的钱，简直是"自搬石头压脚背"，断绝自己的生路。他要赌客人人不输钱，又要使赌客人人不能赢钱，在这夹档中，做出绝妙的文章来。

巨人的眼力是非常锐利的。他把千千万万的赌客分成五类：第一类是偶尔兴来，到球场来消遣的。第二类是靠薪给过活的小市民，生活太困难，到球场来找上外快，赢了一点当然开心，输了几块譬如买航空奖券，这回不着，下回再等机会。第三类是在球场混得久的赌客，他们都有很精密的记录，很丰富的经验，要想把这个大谜找出谜底来。第四类是资本很充足的赌客，他们依靠大量的助力来抓着机会。第五类是既不研究，也没有很多资本，只是赌兴很浓的赌客。第一、二类的人最多，占百分之六十以上，巨人对于他们并不要应付，只因这两类人，可以训练成为第五类的赌客，总想法给他们吃一点甜味，第五类的人约占百分之三十五，巨人以他们的汗血为生命素，虽说新旧代谢，赌客不同，但比例数总要使他有增无减。第四类的大赌客，至多不过百分之三四，他们既不耐心研究，结果替巨人挣场面，巨人也不十分关心他们。一遇有绝大资本来设法操纵，巨人临时玩一点手法，就够使他们倒霉了。现在只留下绝少的第三类的赌客，巨人就聚精会神来和这些人作战，因为巨人知道这一类人虽然绝对少数，万一谜底被他们找到了，就可以制他的死命，而且第四类人容易成为第三类人的帮手。老虎生了翼子，巨人也没有办法了。巨人在办公室里焦思苦虑，排成一张百无一失的秩序单，那真不容易呢？

二、可怜的小市民

小市民是崇拜英雄的，他们记牢军事领袖的丰功伟业，他们记牢男女明星的琐闻轶事，他们谈论足球健将的粗细工夫，世间有一个出类拔萃的人，他们的脑子里，就留着一个相当的地位。他们带着这个观念走进回力球场，那位聪明的巨人，就为他们准备着一碗极合口味的菜蔬。

一个刚进回力球场的生客，他问同来的朋友："这些球员之间，谁的球艺最高明？"他的朋友告诉他："上 8 盘这 6 个球员，亚体儿伊甲苏顶好；下 8 盘那 6 个球员，拉摩史、后兰多真是头排货色，后兰多有一晚一连打出 7 盘。"他的朋友总算替巨人做一回义务宣传了。那位生客的脑里记住了这 4 位英雄的姓氏，他一动手买博赛券，就忘不了这 4 位英雄。试买了几回，果然这四位英雄时常打出几盘来，觉得赌回力球，真是容易的事，就放胆赌下去。经过了一些时日，他忽然觉得单买名手的券，赢钱的次数虽多，赢钱的数目太少，结果总是输的。偶尔买一张极坏的球员的券子，果然得胜了，赢得数目很大，一张依舍多的券比一张亚体儿的券有时要多到四五倍。他便改变方针，专买那些冷门，结果又是输了，于是他又改变方针。谁知买来买去，无有不输，大约有三四个月经验，输了三五百块钱，才知道英雄崇拜的观念对于他的钱包有许多不利，球艺的高下和比赛的结局没有什么关系，上场买券全不能把球艺当作买券的依据的。

经验使他放弃了英雄崇拜，经验又使他钻入数字的迷网中去。

他无意之中觉得每日"1""2"两个数字格外出得多，"3""4"两个数字比较少一点，"5""6"两个数字出得最少。因此他想单买"1"或"2"，这回不着，下回递加了券数去买，总有一回买中的。试买了几回，也时常买中的。可是认真买下去，又是输钱，因为一晚或二晚不出"1"或"2"，递加的券数很不少。券数愈多，分得的钱愈少，即算买了，也还是捞不到本钱。大约又输了三五百块钱，买得数字的路也走不通的教训。"1""2""3""4""5""6"这6个数字，无论买哪一个，归结总是要输钱的。久而久之，各方面所得的教训启发了他，才知道买独赢要输钱，买位置也要输钱；买双独赢要输钱，买连赢位也要输钱。小本钱零买几张要输钱，大本钱递加券数买也要输钱；瞎碰运气要输钱，天天做记录，天天想门路要输钱。没输过钱的，看得轻松容易，要到那儿去捞本钱的也还是要输钱。千千万万的小市民，就源源向那无底的陷阱纳捐似的一天一天填下去就是了。曾经有过这样一位赌客，他懵懵不知的时候，一晚间赢了1300多块钱，他就狂喜了；后来他送给球场的总数目，比所赢的多过10倍。又有一位银行小职员，在那儿送了1万以上的公款；一位小少爷，把三五万家私送掉，在场上捏着券子断气。此外还有种种结局：跳黄浦、吃安眠药，或则逃失无踪。

上海亚尔培路上开设回力球场的年数不算少了；蚩蚩群氓"人皆以为圣"，事实上不过给那巨人玩猴子似的当作把戏玩。渺茫的幸运的追求，使大家今天巴望明天，这月巴望下月，今年巴望明年，巴望得什么都是一场空，还不肯断下念头，真是可哀极了！然而你若认真地告诉他们，每盘独赢位置的数字，完全由场中事前排定的，至少有三分之二的赌客不相信你。你若告诉他，不独排列数字有一定的，每盘各球员所得的分数也是一定的，那其余三分之一的赌客也不相信你了。被巨人所玩弄，而自己永远不自觉，扮演了悲剧的主角，而自己还以为在找寻幸运，真是叔本华所谓"羔羊的命运"呢！

三、几幅变态心理的图画

一位日本人。

他手上捏了 5 张伊甲苏的博赛券，嘴里拼命抽劣质香烟，那烟味熏得刺人。看伊甲苏打上 1 分了，眼珠突出，两脚微微站起，想替伊甲苏助点力。伊甲苏给杜拉地打败了，他垂头坐了下来，把烟抽得更起紧，嘴里咕噜咕噜说不清。第 2 次编列伊甲苏，又赢得 1 分了，他又紧张起来，照旧要替伊甲苏助点力。伊甲苏又失败了，他骂了一句"马鹿"，把 5 张博赛券捏成一团丢在地上，用皮鞋拼命在券上踹。再轮一转，伊甲苏又赢得 1 分，他重新把券子拾起来，眼珠更突出了。可是伊甲苏又失败了，他先把香烟丢在地下，用力地踹，接着又把博赛券丢在地下，踏在脚底下。在第 4 次输过来，伊甲苏打满了 5 分，他揩揩额上汗，从脚底取出券子来，带着笑容领钱去。

某兄弟。

他们两人的椅子前，散满各式各样的博赛券，有的已经撕破了，有的搓成一团，有的完整地折成两叠。茶房告诉我，他们两人那一晚连位置都没有赢到过。两人手上拿着六七张独赢券五六张双独赢券，4 双手在那里发抖，手尖上都是汗。他们买的 5 号的沙特浪谷，打了 3 分，给亚尔培地赢去了。铁青着脸坐在椅子上发呆。依他们的衣服看去，大概是小店员。弟弟从皮夹中拿出最后10块钱，哥哥接在手里迟疑不决，终于站了起来，买一张4号沙特浪谷的大票（每张10元），一头揩汗，一头发抖，抖到椅子上来。连椅子的所在都有点糊涂，坐到我的椅上来了。我扶着他坐向他自己的椅子，低声告诉他："你们研究的程度还差得远哩！"他呆看了我一回，长叹一声，道："赌博也要研究的吗？"我笑道："勿研究门径，胡乱送钱的，叫做'瘟猪'！"他又长叹一声。

从那天以后，那兄弟两人差不多三个星期不见踪迹，大概一个月的薪水那天送完了。

一位戴红帽顶的阔大少。

从皮夹里抽出20张10元的钞票，交给茶房，吩咐茶房买5号杜乐仙的独赢，那时杜乐仙刚到上海来，冷门。那一盘杜乐仙只得了1分，输了。又抽出200元来再买4号的杜乐仙，又输了。从第9盘到第14盘，他一盘不间断地买了6盘，完全输了，共输1200元。第15盘，他改买3号的依思高，又输了200元。第16盘，他再买2号依思高，又输了。可是杜乐仙在第15盘上得了位置，第16盘得了独赢。他那晚输了1600元，可是他心里想，假使他再买两盘杜乐仙，可以赢400多块了。

假使他再买两盘杜乐仙，杜乐仙一定没有独赢可得，那是无疑的。但是他带着懊悔自己不追赶杜乐仙的心理回家去呢！

一位年轻的少奶奶。

她的丈夫敲敲香烟灰，从皮夹里取出一叠钞票交给少奶奶。"独赢""双独赢"，胡乱买了许多张，输了；再接着买一盘，又输了；一叠钞票，看她少下去少下去。只留了一张10块的。她叫茶房买一张欧兰加的大票，又输了。她的丈夫对她笑笑，她板起脸孔不理她的丈夫。铃响了，她叫她的丈夫再给她 300 块，她的丈夫和声地对她说：

"瞎来是勿灵格！"

"耐自家也输脱吭淘成哦！尼输仔二三百块钱，就啥勿灵格！勿关事，拿来！"

说到后来，她有点气恼了。她丈夫依旧给她 200 块，在第 13 盘上赢了一笔钱，到第 15 盘，她又只剩五六十块了。最后的命运更不济，在第 16 盘，完全送给"36""63"的连赢位上。她哭了，她的丈夫扶她走下阶石，轻轻对她说：

"瞎来来是勿灵格！"

她甩脱她丈夫的手，待在庭柱边生气了。散了工出来的茶房，大家立在那儿看她，她才用手帕揩干眼泪向大门走去。

冰嬉

周瘦鹃

　　近几年来，上海新世界大世界游戏场中，都造了跑冰场。其实并没有冰，不过地板分外光滑些。一般女士，便都前去跑冰。一样地穿了跑冰鞋，绕着圈儿滑跑。有几个能手，能往来如飞，并做种种花样。在身体上，自也很有益处。这要算是冬季一种好游戏了。至于真的冰场，北方才有。并不是特地造起来的，就是那些小溪小河，一到冬天，都结了厚厚的冰，虽有车马跑过也不会破裂。许多小孩子往往在冰上耍，正和跑冰场的跑冰不相上下呢。诗人黄湘云曾有《冰嬉曲》一首，描写很工妙，且录在下面：

　　朔风猎猎横吹雪，池阴一夜层冰结。群儿杂还贪冰嬉，冲寒结队争追随。争追随，聚冰上，意气凭陵伪推让。一儿骁健腰脚轻，两股不动能飞行；一儿方行忽蹲踞，悠然抱膝驰而去；一儿似夔一足翘，只履横拖痕一条。倾不倾，示奇巧，群儿拍手皆称好。竭来两儿行并肩，一儿失足冰上眠，

126

一儿引手来相援，颠者起矣援者颠。群儿攘臂争来前，互颠
互起互相笑，胜负倏忽分媸妍。呜呼群儿但贪眼前乐，冬尽
春还冰渐薄，莫夸绝技擅飞腾，须信人间风浪恶！

跑冰西方人叫做斯甘丁（Skating）。欧洲北部像瑞典、挪威、
荷兰诸国，到了冬季，大家便兴高采烈地开始跑冰。瑞士的跑冰，
也很有名的。往时欧洲还有一个万国跑冰同盟会，英、德、奥、
匈、荷兰、丹麦、瑞典、挪威、瑞士、芬兰、加拿大都参与其间。
每年冬季，各国总派了代表，举行一个跑冰比赛大会，比赛了一
个多月方始赛毕。这同盟会不知道现在还存在不存在。

跑冰鞋西名叫做斯甘脱（Skate）。往时用兽骨制造，现今改用
钢片。英国和瑞典、挪威富贵之家，竟有在跑冰鞋上嵌钻石和宝
石的，每双价格很贵，总要几百金镑几千金镑罢。

荷兰有跑冰御敌的故事。西班牙在斐立伯王（King Philip）
当国时代，曾派大军进攻荷兰。统将奥尔佛公爵，是一员有名
的骁将，出兵时总是百战百胜的。这回他命儿子斐特力（Don
Frederick）带了一支兵去攻哈勒城（Haarlem）。那时正在冬季，
哈勒城四周的河水都已结了冰。西班牙兵入城时，忽有一队荷兰
兵从战壕中跳出来，脚上都穿着跑冰鞋，奋勇杀敌。西班牙人见
他们飞一般在冰上往来，枪又打得准，都疑是妖术。一支兵，竟
完全逃走了。奥尔佛公爵气不过，特办了 7000 双跑冰鞋，命部下
兵士赶快练习，末后用了狮子搏兔之力，方把哈勒城攻下来。

影剧片中，有注重跑冰的。曾见卓别林有《跑冰场》（The
Rink）一片，兔起鹘落，花样百出。跑冰跑到这个地步，真是此
中第一手咧。

到虹口游泳池去

郑逸梅

　　游泳池是摩登男女暑天的乐园，鄙人没有机会去参加过，也许是没有伴侣吧。朱君星江，他是一位名医。诊务忙了一天，到傍晚的时候，总要出来疏散疏散，游泳池便是他足迹常至的所在。前天他邀了鄙人同去，好得他有车子的。就坐着他的车子，风驰电掣，顷刻已到了江湾路。我们买票入内，在更衣室中换了身游泳衣，立到自来水莲蓬式喷射器的下面，冲洗了一回，遍体淋漓地，走到池边。这时夕阳西坠，水面生凉，中的西的，男的女的，村的俏的，可是有了少的，没有老的，都在那里弄波戏水。鄙人初下去尚循着边沿，渐渐由浅而深地涉游着。游至中心，水恰齐着脖子，碰到了顾君怡庭，在水面上谈了一回天，怪有趣的。继而由朱君扶着，闭目仰浮，任其所至。但闻水声汩汩，仿佛到了九溪十八涧一般。那些游泳家，钻在水底，游行很速，好比一艘潜水艇。还有挟着异性，在水里相戏追逐，咯咯的笑声，和"哪能格辣"的呼声，兀是耐人寻味。

有个红箍约发的女郎，穿了身浅黄色的游泳衣，在碧水中盈盈起立。因为她这种衣儿没有短裙的，又加着紧窄了一些，直把曲线之美，很显豁地表露出来，那玄牝之门，洼然可睹，顿时几十道眼光直射过来。女郎急忙蹲到水里，不觉红云上颊了。因此，鄙人得了个小小经验，用告参加游泳的，没有短裙的游泳衣，不及有短裙的好，浅色的更没有深色的好。男性以藏青等色为宜，女性以大红等色为宜。米色、湖色、绯色，均不着水，一经沾湿，易显原形，那是不可不知的常识呢。池中矗立一个柱子，柱子是空的，水从空柱中滚泻而下，成为散形的瀑布。鄙人附柱而立，那视线被瀑布所遮，听觉为水声所乱。晶晶地亮着，潺潺地响着，几乎觉得除了水没有世界，没有一切形色，没有林林总总的众生，那是何等的快乐啊！池的最深处，约有三四丈。上架台阶，西国士女，一个个地跑到台阶或跳板上去，纵身一跃，水花飞溅。但是我们中国人却居少数。因这玩意儿，非平日练习有素的不敢贸然从事哩。这时天已垂暮，没在水里的下半身，尚不觉得什么，出在水面的上半身，晚风吹来，凉飕飕的有些受不住。我们就离池更衣，坐着原车回去。那市上繁灯，已照眼生缬了。

露天电影场回忆录

胡道静

又是一年一度的时机，跑马场影戏院，花园电影场，沧洲饭店花园影戏场，相继为点缀这个大都会的夏令而出现了。这里，分析了一件事，这三处露天电影场可别为两类：第一类是花园电影场，它今年是按例开放，因为前几年的夏天它亦出过场的；第二类则是另两处，大概一般爱跑新鲜去处的游客们，对于它们是留下了 1935 年的特别印象了。

于是携来了一个小小的问题，前些年代的露天电影场是些怎样的分布情形，如果提起来也许使今日的夜游者蓦地忆起旧游的境地来吧？上海通社于是翻开羊皮书，用鹅毛笔写它的答案。

1924 年是上海开始有露天电影场的年份。"消夏影戏场"，在靶子路，是这新鲜玩意儿的开路先锋。同年，有圣乔治露天影戏院开幕，在静安寺路的圣乔治饭店的花园里；这时候，董汉生氏经营的公共租界内唯一路线的公共汽车的起点就在圣乔治门口，想留心交通情形者尚能追忆。圣乔治露天影戏院的后台老板是那时赫赫有名的爱普庐影戏院，实力雄厚，选片精审，消夏影戏场吃不住它的压迫，到了第二年就没有影踪了。然而现在圣乔治饭店既已易主，爱普庐亦久已落伍而消灭，往事前尘，徒令人惘然追忆而已。

市场上永远竞争着。1925年的夏天，圣乔治方以战胜消夏影戏场的姿态重复出现，大华露天影戏园亦挟了以上海大戏院为后台老板之浩荡阵容来成为它的劲敌了。这一处新的露天银宫是在戈登路大华饭店内的意大利花园里；环境比之于圣乔治花园，殆为铢两悉称。大华饭店的地方原来是麦边花园，素以伟丽有声海上，1924年为人买去，改作旅店，赐名大华。迨1931年秋，大华饭店出售拆卸，基地待价而沽，却是至今未有问津者；地面经工部局乘时开辟大华、麦边两路，成十字形，倒已成名了。从大华饭店的启幕以至拆卸之先，大华露天影戏园是年年夏令准时开放给观众的。

花园电影场开在霞飞路拍球总会的一大片草地上，是法租界唯一的露天电影场，今年也敞开着欢迎人们进去。它的开始是在1932年，可是拍球总会草地上有露天银宫，却非起源于1932年；当1926年的夏季，这片草地曾为凡尔登露天影戏院用过。追溯根源，拍球总会这一处所，本是德国花园，欧战中被法人没收，改为公园，名字叫凡尔登，到了1926年，才又变作了法国拍球总会的新会址。有人称那儿叫法商新球场，是这个缘故；1926年的那个影戏院叫凡尔登，也是这个缘故。

明了过去的艰难与繁荣，知道了现在的价值；上海通社于是阖起它的羊皮书了。

沪上酒食肆之比较

严独鹤

余为狼虎会员之一，当然有老饕资格，而又久居沪滨，则于本埠各酒食肆，当然时时光顾。兹者《红杂志》增设"社会调查录"一栏，方在搜求材料，余因于大嚼之余，根据舌部总司令报告，拉杂书之，以实斯栏。值此春酒宴宾之际，或可供作东道主之参考。然而口之于味，未必同嗜，余所论列，亦殊不能视为月旦之评也。

沪上酒馆，昔时只有苏馆（苏馆大率为宁波人所开设，亦可称宁波馆。然与状元楼等专门宁波馆，又自不同）、京馆、广东馆、镇江馆四种。自光复以后，伟人、政客、遗老，杂居斯土，饕餮之风，因而大盛。旧有之酒馆，殊不足餍若辈之食欲，于是闽馆、川馆，乃应运而兴。今者闽菜、川菜，势力日益膨胀，且夺京苏各菜之席矣。若就吾个人之食性，为概括的论调，则似以川菜为最佳，而闽菜次之，京菜又次之。苏菜镇江菜，失之平凡，不能出色。广东菜只能小吃，宵夜一客，鸭粥一碗，于深夜苦饥

132

时偶一尝之，亦觉别有风味。至于整桌之筵席，殊不敢恭维。特在广东人食之，又未尝不大呼顶呱呱也。故菜之优劣，必以派别论，或欠平允。宜就一派之中，比较其高下，庶几有当。试再分别论之。

（甲）川菜馆　沪上川馆之开路先锋为醉沤，菜甚美而价奇昂。在民国元、二年间，宴客者非在醉沤不足称阔人。然醉沤卒以菜价过昂之故，不能吸引普通吃客，因而营业不振，遂以闭歇。继其后者，有都益处、陶乐春、美丽川菜馆、消闲别墅、大雅楼诸家。都益处发祥之地，在三马路（似在三马路广西路转角处，已不能确忆矣）。其初只楼面一间，专售小吃。烹调之美，冠绝一时，因是而生涯大盛。后又由一间楼面扩充至三间。越年余，迁入小花园，而场面始大。有院落一方，夏间售露天座，坐客常满，亦各酒馆所未有也。然论其菜，则已不如在三马路时矣。陶乐春在川馆中资格亦老，颇宜于小吃。美丽之菜，有时精美绝伦，有时亦未见佳处。大约有熟人请客，可占便宜；如遇生客，则平平而已。消闲别墅，实今日川馆中之最佳者，所做菜皆别出心裁，味亦甚美，奶油冬瓜一味，尤脍炙人口。大雅楼先为镇江馆，嗣以拆阅改组，乃易为川菜馆，菜尚佳。

（乙）闽菜馆　闽菜馆比较上视川菜馆为多，且颇有不出名之小馆子，为吾侪所不及知者。就其最著者言之，则为小有天、别有天、中有天、受有天、福禄馆诸家。大概"有天"二字，可谓闽菜中之特别商标。闽菜馆中，若论资格，自以小有天为最老，声誉亦最广。清道人在日，有"天天小有天"之诗句。宴集之场，于斯为盛。若论菜味，固自不恶，然亦未必能遽执闽菜馆之牛耳。别有天在小花园，地位颇佳，近虽已改租，由淮扬人主其中，然其肴馔，仍是闽版。闻经理者为小有天之旧分子，借此别树一帜，则别有天之牌号，可谓名副其实矣。至于菜味，殊不亚于小有天，而价似较廉，8元一席之菜即颇丰美。中有天设于北四川路宝兴路口，而去年新开者，在闽菜馆中，可谓后进。地位亦颇偏仄，然营业甚佳，小有天颇受其影响。其原因在于侨沪日人，多嗜闽菜，小有天之座上客，几无日不有木屐儿郎。自中有天开设以后，此辈以地点关系，不必舍近就远（北四川路一带日侨最多），于是前辈先生之小有天，遂有一部分东洋主顾为中有天无形中夺去。余寓处距中有天最近，时常领教，觉菜殊不差，价亦颇廉。梅兰芳来沪，曾光顾中有天一次，见诸各小报。于是中有天之名，始渐为一般人所注意，足见梅王魔力之大也。受有天在爱而近路，门面一间，地方湫隘，只宜小酌，然菜亦尚佳。福禄馆在西门外，门面简陋，规模仄小，几如徽州面馆。但所用厨子，实善于做菜，自两元一桌之和菜，以至十余元一桌之筵席，皆甚精美。附近居人，趋之若鹜。此区区小馆，将来之发达，可预卜焉。余既谈闽菜馆，尤有一事，不能不为研究饮食者告。则以入闽菜馆，宜吃整桌，十余元者，八九元者，经酒馆中一定之配置，无论如何，大致不差。即小而至于两三元下席之便菜，亦均可吃。若零点则往往价昂而不得好菜，尝应友人之招，饮于小有天。主人略点五六味，皆非贵品，味亦不佳。而席中算账，竟在八元以上，不啻吃一整桌，论菜则不如整桌远甚。故余劝人入闽馆勿吃零点菜，实为经验之谈。凡属老吃客，当不以余言为谬也。

（丙）京馆 沪上京馆，其著名者为雅叙园、同兴楼、悦宾楼、会宾楼诸家。雅叙园开设最早，今尚得以老资格吸引一部分之老主顾。第论其营业，则其余各家，均以后来居上矣。小吃以悦宾楼为最佳。整桌酒菜，则推同兴楼为价廉物美。而生涯之盛，亦以此两家为最。华灯初上，裙屐偕来，后至者往往有向隅之憾。会宾楼为伶界之势力范围，伶人宴客，十九必在会宾楼，酒菜亦甚佳。特宴客者若非伶人而为生客，即不免减色耳。

（丁）苏馆 苏馆之最著名者为二马路之太和园，五马路之复兴园，法大马路之鸿运楼，平望街之福兴园。苏馆之优点，在筵席之定价较廉，而地位宽敞。故人家有喜庆事，或大举宴客至数十席者，多乐就之。若真以吃字为前提，则苏馆中之菜，可谓千篇一律，平淡无奇，殊不为吃客所喜。必欲加以比较，则复兴园似最胜，太和园平平。鸿运楼有时尚佳，有时甚劣。去年馆中同人叙餐，曾集于鸿运楼，定十元一桌，而酒菜多不满人意。甚至荤盆中之火腿，俱含臭味，大类徽馆中货色，尤为荒谬。福兴园于苏馆中为后起，菜亦未见佳处。顾余虽不甚喜食苏馆中酒菜，而亦有不能不加以赞美者，则以鱼翅一味，实以苏馆中之烹调为最合法，最入味，绝无怒发冲冠之象。此则为其余各派酒馆所不及也。（济群曰：独鹤所论，似偏于北市。以余所知，则南市尚有大码头之大醮楼，十六铺之大吉楼，所制诸菜，味尚不恶。）

（戊）镇江馆 镇江馆之根据地，多在三马路。老半斋、新半斋，望衡对宇，可称工力悉故。其余凡称为某某居者，亦多为镇江酒馆，特规模终不如半斋之大耳。镇江馆菜宜于小吃，肴蹄干丝，别饶风味，面点尤佳。迄今各镇江馆，无不兼售早点，可谓善用其长。唯堂倌之习气，实以镇江馆为最深。十有八九，都是一副尴尬面孔，令人不耐。然座中客如能操这块拉块之方言，与之应答，则伺应亦较生客为稍优云。（济群曰：余亦颇嗜镇江馆肴肉包子之风味。顾以堂老爷面目之可憎，辄望而却步，今阅独鹤此篇，足征镇江馆堂倌之冷遇顾客，乃其能事。且肴肉等价亦甚昂。然则吾辈，花钱购食，原在果腹。何必定赴镇江馆，受若辈仆厮之傲慢耶！）

（己）广东馆　广东馆有大小之分：小者几于无处不有，而以北四川路及虹口一带为最多，大抵皆是宵夜及 5 角一客之公司大菜肴，实无记载之价值。大者为杏花楼，粤商大酒楼，东亚、大东、会儿楼诸家，比较的尚以杏花楼资格为最老，菜亦最佳。其余各家，则皆鲁卫之政，无从辨其优劣。盖广东菜有一大病，即可看而不可吃。论看则色彩颇佳，论吃则无论何菜，只有一种味道，令人食之不生快感。即粤人盛称美品之信丰鸡，亦只觉其嫩而已，未见有何特别鲜味，此盖烹调之未得其法也。除以上所述诸家外，尚有广东路之竹生居，大新街之大新楼，南京路之宴庆楼等，则皆广东馆而介乎大小之间者，可列为中等。余则自郐以下，无足论矣。但北四川路崇明路转角处，有一广东馆，名味雅，规模不大，而屡闻友朋称道，谓其酒菜至佳，实在各广东馆之上。余未尝光顾，不敢以耳食之谈，据为定论，暇当前往一试也。

闲梦江南梅熟日

谔 厂

　　这几天早晨起来，偶然听到几声鹁鸪的清啼。猛然想到离夏至不远，已是黄梅时节了。这种鹁鸪的啼声，在故乡此时，每天可以听见，似乎带着颓然的韵味，很容易令人引到诗的境界，即说鹁鸪为诗意的鸟类，也不为过。多感的人更有对于这种鸟类的啼唤想象出各种谐音，如"割麦插禾""快快播谷"之类，因为鸟啼恰值农家播种的农忙时节，对于一般懒于躬耕的人，正是及时的催促；更有各种美丽的民间传说，附会出来，遂使我们更觉得鹁鸪的可亲了。在昔人的诗词中特别有咏此鸟类的及时感兴，如陆放翁的"一声布谷便无说，红药虽开不属春"，更是传诵人口。因布谷声声，而觉得春事的阑珊。辛弃疾《满江红》词所谓"红粉暗随流水去，园林渐觉清阴密"。盖黄梅时节，恰是春与夏的一道桥梁，浓春渐老，跟踪而来的将是可畏的炎炎夏日，怎不要使诗人发出惋惜的歌咏呢？

　　说也惭愧，虽然自幼听到过鹁鸪的啼声，却从来没有见过这种鸟类是怎样形状的。住在十里洋场，偶然能听到一二声清澈的鸣叫，还是蒙邻近的废园之赐。原来那边树木葱郁，居人不多，故有这种鸟类的栖止。此外，在兆丰公园的一隅，也曾听得"瓜瓜——苦"的啼声，有的人辨出它的声音是"不如归去"，而非"快快播谷"，其实这全在听者的别具感兴。但在阴雨天气愁肠百结时听之，确像"不如归去"的音义，对于一个客窗无俚的天涯游子，尤有声声打入心坎的刺激。本来岁时节令总特别引起人们思乡的情绪，"每逢佳节倍思亲"，就是诗人怀恋乡国的吟咏。造物者又赋予了鸟类特殊的啼唤，使多感的人类在岁时令节之外，增加一份离乡背井的哀戚。

人们对于时令的感喟，可说是古今中外，都是一样。在生也有涯的短短岁月中，目击春秋交替，岁月代谢，谁没有浮生若梦的感觉？只是怎样在有涯之生中，稍稍努力一番以期于己于人都能沾得一些利益，便是人生的值得歌颂之处。至于在忙碌中的间隙，因时节推移，发生一些感叹，例如听到子规的晨啼而觉岁月不居，看见梅子黄熟猛省春天已经消逝之类，不一定就是颓废消极的表示，相反的倒是可以成为惊觉人们及时努力的醒木，全在人们怎样去把握一个正确的观点而已。一世之雄的曹孟德，在旌旗蔽空，战船密布的赤壁下，看了长江夜色，即使是将士用命的时候，不免要有"对酒当歌，人生几何"的感想。可见喑呜叱咤与感时伤怀，实是性情的两面，其间一无抵触。人们大抵觉得"岁月催人老"是最最无可挽回的恨事，苏子瞻的"但愿人长久，千里共婵娟"，其实只说准了半句，婵娟是千里可以相共，人长久只能止于"愿"了。以秦始皇之尊，何尝真的求到过长生灵药。无常之恸，盖自宇宙以俱来；耶稣创造了一个天国，释迦牟尼建设了一个极乐世界，只能安慰人们于一瞑之后，而绝不能普度芸芸众生免于时间的磨蚀，"百计不能逃白发"，信如放翁所咏，那么感时慨叹，实是平凡的人生中最最荏弱的一点反应，在整部绵长的史籍中，古今人的能够声息相通，也仅赖这种相同的感想而已。

这种岁月如流的感想，每当季节更换，或遇时令佳节，很容易引起人们的不尽低回，黄梅时节的天气时阴时晴，空气潮湿，气压很低，使人觉得闷郁不堪。在这种的气候下每易使人想到"去年今日"是怎样。我们常在这时换穿单衫，身体骤然觉得轻松，记忆也分外来得清晰。有人抹杀回忆，以为这是消磨壮志的行为。如其就人情上言，人人有此经验，回忆而不涉感伤，其实亦无伤大雅。只好身处乱离，忧患余生，即使是感伤的回忆，似乎也有同情的必要。

黄梅时节虽然乍阴乍晴，天气至难捉摸，农家在此时却是很忙碌的时代。种植桑树的人家少不得要养几匾蚕，大概已到上山收茧的时候。江南沃野千里，极目郊原，弥天是碧绿的田畴，错综其间的便是"逝者如斯夫，不舍昼夜"的小河，哗哗地奔流着，使两岸土地，灌溉得非常肥沃。小河边偶然长着一枝杨柳，临风袅袅婷婷，像少女的柔腰。那些田岸上行人来往，乡下小孩子穿一条大红布裤子，摇摇摆摆在阡陌上走，背后有她的娘吆喝着："走得慢点，当心跌在田里。"在绿色的原野中，动着这一点红色的裤，像清晨薄雾中看一辆电车缓缓驶去，电车中还亮着灯，庞然的巨物随着隆隆车声渐渐消失于雾障，却剩一点车后的红灯，留于目击者以一个鲜明的印象。乡野的远方，小山起伏，随着黄梅时节的晦明不定，有时是淡紫，有时是青碧，有时是灰白。宇

139

宙是一个神妙的画师，随着兴之所至，使大地山河染上不同的彩色，而刻刻在变换。假使行进在陌上的孩子明天换了一条绿裤子，和田亩一色，也可以说是造物的画师的意旨，而使这孩子变换了色彩的，在山坡下面的平原上，白羊点点，低头寻觅它们一日的粮草。离羊群不远，傍着小河的一面，即见一排土屋，后面有桑园、菜园。一匹老黄牛在旁边踯躅，等待主人出来，一天的工作就要开始。乡下农家，一到梅子黄时，男的到田里去工作，女的在家采茧缫丝，或在小河里网鱼捕虾，一家都做着生产的工作。所谓"人家门户都临水，儿女生涯总是桑"，盖是江南农村写实的诗句也。

不消有重峦叠嶂，亭台楼阁之胜，这些野山闲水，尤其是雨水充沛的黄梅时节，就是江南最美丽的景色。每当阴雨的天气，四围林木葱郁的地方，即传出"瓜瓜——苦""瓜瓜——苦"的啼唤，可以令人想象到三百篇中的"风雨如晦，鸡鸣不已"的境地。水鹁鸪的呼鸣凄其而不流于萧瑟，清沉而不含有感伤，它督促农人割麦插禾，农人真的在此时忙着下秧，"锄禾日当午，汗滴禾下土"的滋味已经可以尝到。四月的天气虽不燠热，但是在阳光逼射下的田间跑路，已感到炎热，不要说是在陇亩间作着劳力的躬耕者了。日光逼射得农人的皮肤成为黝黑，很自然地把体魄锻炼强健，虽有风雨寒暑的侵蚀，绝不会有疾病的影响。住在都市里的人虽有日光而少接触的机会，"太阳不是我们的！"原非陈白露一人的感想，至此不能不欣羡农村生活的有益于人生。陶靖节不为五斗米折腰，跑到故园，"木欣欣以向荣，泉涓涓而始流"，回返自然，大快平生。近代人虽不尽属"折腰"之流，五斗米的需要，一如往昔，对于自然的怀恋，只能够纸上谈兵了。

住在都市中对于黄梅时节，实在一无好感。刚出门还是一天晴日，接着就下起雨来，不便得很。但时期正值阳历 5 月中旬，西人特赐以嘉名曰 May Flower，在公园中一定有繁花如锦，灿烂一时，池塘中蝌蚪即将孵育成为青蛙，继着水鹁鸪之后，要把咯咯的声调，为大自然增一新的天籁了。孩子们可以赤手赤脚，在草地上打滚奔跳，追蝴蝶，掷小球，很畅快地玩一个时候。过了此时，天气渐热，公园游客，就没有这样繁盛。

对于我自己，黄梅时节的印象，恐怕再没有比去年一次的深刻了。彼时我忽然卧病在床，头脑昏沉沉的不思饮食，在小楼一角，每天听沿街唤卖白糖梅子，痛苦得不得了，以为卧病一二星期，即可痊愈。想不到在床上听了近一月的白糖梅子，接着是听端午粽、白沙枇杷、甜西瓜，一直到盛暑才起床，实非始料所及。病起后身体疲弱，揽镜自审，几乎要不认得自己，连带的母亲与妻子也因为自己害病而消瘦不少，回想当时的惊风骇浪，一病几殆的情形，现在还有余悸。俗语说："无病即是仙。"在卧病百余天的人看来，实是至理名言。每年买白糖梅子，在我则是别有一番滋味在心头也。

皇甫子奇《忆江南》词云："闲梦江南梅熟日，夜船吹笛雨潇潇。"我觉得这是黄梅时节最好的写景，词意婉丽，胜过"大江东去"多多，故即拈此为题，只此两句，就可以当得一篇散文而有余，拙文应入于蛇足之列。我们处身都市，旅行不特是艰难，且是奢侈的事，纵是江南梅熟，也无法领略夜船吹笛的况味，然则皇甫先生的闲梦，我辈正是与有同感了。

市井百态

第四辑

弄堂生意古今谈

鲁　迅

"薏米杏仁莲心粥！"

"玫瑰白糖伦敦糕！"

"虾肉馄饨面！"

"五香茶叶蛋！"

这是四五年前，闸北一带弄堂内外叫卖零食的声音，假使当时记录了下来，从早到夜，恐怕总可以有二三十样。居民似乎也真会花零钱，吃零食，时时给他们一点生意，因为叫声也时时中止，可见是在招呼主顾了。而且那些口号也真漂亮，不知道他是从"晚明文选"或"晚明小品"里找过词汇的呢，还是怎么的，实在使我似的初到上海的乡下人，一听到就有馋涎欲滴之概，"薏米杏仁"而又"莲心粥"，这是新鲜到连先前的梦里也没有想到的。但对于靠笔墨为生的人们，却有一点害处，假使你还没有练到"心如古井"，就可以被闹得整天整夜写不出什么东西来。

现在是大不相同了。马路边上的小饭店，正午傍晚，先前为

144

长衫朋友所占领的，近来已经大抵是"寄沉痛于幽闲"；老主顾呢，坐到黄包车夫的老巢的粗点心店里面去了。至于车夫，那自然只好退到马路边沿饿肚子，或者幸而还能够咬侉饼。弄堂里的叫卖声，说也奇怪，竟也和古代判若天渊，卖零食的当然还有，但不过是橄榄或馄饨，却很少遇见那些"香艳肉感"的"艺术"的玩意了。嚷嚷呢，自然仍旧是嚷嚷的，只要上海市民存在一日，嚷嚷是大约决不会停止的。然而现在却切实了不少：麻油，豆腐，润发的刨花，晒衣的竹竿；方法也有改进，或者一个人卖袜，独自作歌赞叹着袜的牢靠。或者两个人共同卖布，交互唱歌颂扬着布的便宜。但大概是一直唱着进来，直达弄底，又一直唱着回去，走出弄外，停下来做交易的时候，是很少的。

偶然也有高雅的货色：果物和花。不过这是并不打算卖给中国人的，所以他用洋话：

"Ringo, Banana, Appulu-u, Appulu-u-u！"

"Hana 呀 Hana-a-a！ Ha-a-na-a-a！"

也不大有洋人买。

间或有算命的瞎子，化缘的和尚进弄来，几乎是专攻娘姨们的，倒还是他们比较的有生意，有时算一命，有时卖掉一张黄纸的鬼画符。但到今年，好像生意也清淡了，于是前天竟出现了大布置的化缘。先只听得一片鼓钹和铁索声，我正想做"超现实主义"的语录体诗，这么一来，诗思被闹跑了，寻声看去，原来是一个和尚用铁钩钩在前胸的皮上，钩柄系有一丈多长的铁索，在地上拖着走进弄里来，别的两个和尚打着鼓和钹。但是，那些娘姨们，却都把门一关，躲得一个也不见了。这位苦行的高僧，竟连一个铜子也拖不去。

事后，我探了探她们的意见，那回答是："看这样子，两角钱是打发不走的。"

独唱，对唱，大布置，苦肉计，在上海都已经赚不到大钱，一面固然足征洋场上的"人心浇薄"，但一面也可见只好去"复兴农村"了，唔。

全运会印象

茅 盾

据报上说，全运会 11 天内售出门票总价计银（法币）11 万元左右。算个整数 11 万元罢，那么我也居然是报效过 11 万分之 4 的一个看客。

我和运动会什么的，向来缘分不大好，第一次看到运动会，是在杭州，那还是刚刚"光复"以后。是师范学堂一家的运动会，门票由师范学堂的一个朋友送来，一个钱也没有花（师范学堂运动会的门票本来也不卖钱的）。第二次在北京看了，时在民国三年或四年，好像是什么华北运动大会，门票是卖钱的，可是我去看了一天，也没有花钱。因为同校的选手例可"介绍"——或者是"夹带"罢，我可弄不清楚了，——若干学生进场，既然是"夹带"进去的，当然坐不到"看台"，只混在芦席搭的本校选手休息处，结果是看"休息"多于看"运动"。

第三次就是这一回的全运会。这一次不但花钱坐"看台"是有生以来的"新纪录"，并且前后共去看了两天，也是"新纪录"。

谁要说我不给"全运会"捧场，那真是冤枉。

然而"捧场"之功，还得归之于舍下的少爷和小姐，第一次是少爷要去看，我当然应得勉强做一回"慈父"。第二次是小姐要看了，那我自然义不容辞自居为"识途之老马"。

我相信，我虽然只去了两次，却也等于和大会共终始。因为一次是最不热闹的一天（12日），又一次便是最热闹的（19日）。我凭良心说：这两天都使我"印象甚佳"。

首先，我得赞美那直达全运会场的华商公共汽车的卖票人实在太客气了，隔着老远一段路，他就来招呼。殷勤到叫人过意不去，看惯了卖票人推"土老儿"下车不管他跌不跌跤的我，真感到一百二十分的意外。这是"去"，哪里知道"回来"的时候，几路车的卖票人一齐动员作"招呼"的竞赛，那一份"热心"恐怕只有车站轮埠上各旅馆的接客方才够得上。自然，这是"最不热闹"的12日的景象。至于最热闹的19日呢，理合例外，下文再表。

好，买得门票，就应当进场了，不知道为什么，左一个"门"不能进去，右一个"门"也不能进去。于是沿着"铁丝网"跑了半个圈子，居然让我见识了一番会场外的景致。会场的"四至"全是新开的马路（恕我记不得这些马路的大名），而在这些马路一边排排坐的，全是芦席搭成的临时商店，水果铺和饭馆最多。也有例外，那就是联华影片公司的"样子间"，棚顶上有两个很大的电灯字——"天伦"。对不起，我把联华的临时的宣传棚称为"样子间"，实在因为它不像商务印书馆和中华书局的临时宣传棚似的既有人"招待"又可"休憩"，并且恭送茶水。

一看见有那么多的临时芦棚饮食店，我忽然想起这会场外的景致实在太像我们家乡的"香市"。说是"太像"绝不是指两者的形貌，而是指两者的"氛围"。同样的，"田径场"可就"太像"上海的三等影戏院。我赴会以前，把我 20 年前看过华北运动会的宝贵经验运用起来，随身带了些干粮（我想我应当表明一句，我是单拣那没有核也没有皮壳的东西），还带了一瓶葡萄汁、一瓶冷开水，然而一进了田径场的"看台"，我就晓得我的"细心"原来半个钱也不值。这里什么都有，点饥的，解渴的，甚至于消闲的，各种各样饮食的贩卖员赶来落去比三等戏院还要热闹些；栗子壳和香蕉皮、梨子皮到处有的是，这样的舒服"自由"我自然应当尽量享受，于是把葡萄汁喝了，冷开水用来洗手，空瓶子随便一丢，而肚子尚有余勇，则尽力报答各式贩卖员劝进的盛意。至于带去的干粮呢，原封带回。

"田径场"像一个圆城，看台就是城墙，不过当然是斜坡形，我不知道从最低到最高共有几级，只觉得"仰之弥高"而已。我们站在最高的一级，那就是站在城墙顶上了，看着城圈子里。

那时"城圈子"里，就是"田径场"上，好像只有一项比赛：足球。广东对山东罢？当然是广东队的"守门"，清闲得无事可做，我真替他感到寂寞，我听得那播音喇叭老是说："请注意广东又胜一球。"真觉得单调，我热心地盼望山东大汉们运气好些，每逢那球到了广东队界内时，我便在心里代山东大汉们出一把力。我这动机，也许并不光明，因为广东队的球门离我近，我可以更加看得明白。

忽然有一个声音在我前面说："怎么球总在那边呢！"

我留心去找那说话的人，原来是一位穿得很体面的中年太太，撑着一把绸洋伞，有一位也很漂亮的年轻人坐在旁边，光景是她的令郎。

"因为这一边的人本事好，"那位"令郎"回答。接着他就说明了许多足球比赛的规则。凭我的武断，这位中年太太对于足球——或者甚至运动会之类，常识很缺乏，要不是足球而是回力球，那她一定头头是道，然而她居然来了，坐在代价高可是不舒服的水泥"看台"上，她也带着她的"令郎"，可一定不是她在尽"慈道"而是她的"令郎"在尽"孝道"。谁要说她不给"全运会"捧场，那也真是冤枉。

这时，太阳的威力越来越大，那位"热心"的中年太太撑伞撑得手酸了。而且就在头顶那香炉式的烟囱口里，老是喷着煤灰像下雨一般往我们这些看客身上洒——如果跟雨一样重倒也好了，偏偏又比雨点轻，会转弯。中年太太虽然有伞，却也完全没用。于是我听得"热心"的她第一次出怨声道："怎么没有个布篷遮遮呢！不及海京伯！"

哦，哦！海京伯！那不是曾经在"一·二八"以后的上海赚过大钱的德国马戏班吗！哦哦，我懂得这位中年太太心中的"全运会"了。

我忽然觉得"看运动会"也不过如此，然而看运动会的各色人等却大有意思。我坐不定了，我也开始"运动"。在那斜坡形的"城墙"上来来去去跑，我在多数看客的脸上看见了这样的意思：比不上海京伯或是大世界的大杂耍。有些穿了制服排队来的学生看客自然是例外，可是他们"嘴巴的运动"似乎比"眼睛的运动"忙得多了。他们谈天，吃零食，宛然是picnic（野餐）的风度；这也怪不得，那天上午的"运动"实在不多。

下午，我的"活动范围"就扩大了，我的活动地盘仍旧是

"田径场"，因为我觉得如果要看看"运动会"的各色人等，再没有比"田径场"好了。下午这里的节目好多。除了跳远，赛跑，掷铁饼，那边的"国术场"还有一个老头子（也许不老）穿了长衫舞刀，这在中年太太之流看来，还不是名副其实的"大杂耍"么？

而且下午看客也多些了，我如果死守在一个"看台"上未免太傻，于是我第一步按照"门票"给我的"资格"进了两处"看台"，第二步是做蚀本生意，"降格"以求进，门警先生很热心地告诉我"走错了"。但因我自愿错到底，他也就笑笑。第三步我打算"翻本"，然而两条腿不愿意，只好作罢。

老实说，我近来好多时候没有这样"运动"过，所以即使看不到人家的运动，我已经很满意了。我相信这一个下午比一服安眠药有效得多。但是，事后我才知道我这回的能够给我自己"运动"，还得感谢那天的看客少最不热闹。

下午，除了更加证实我上午的"发现"而外，还得了个新的"不解"；有一群穿一色的青白芦席纹布长衫的小学生，每人都拿了铅笔和拍纸簿，很用心地记录着各项比赛结果的报告，中间有几位偶尔错过了播音喇叭的半句话，就赶忙问同伴道："喂，你抄了吗？百米低栏第二名是多少号？"似乎这是他们出来一趟的"成绩"，回头先生要考查。

我不能不说我实在"不解"这群小学生眼目中的"全运会"到底是个什么。

还有一个"不解"，那却轮到我的少爷身上。当我们互相得到同意离开了运动场的时候，就问他："看得满意吗？"他照例不表示。我又问："足球好不好？你是喜欢看足球的呀。""虹口公园的还要好。""那么你不满意了？"回答是，"也不。""哦——那么你还赞成些别的罢？"我的少爷却笑了笑说："我记不清楚！"凭经验我知道他所谓"记不清楚"就是拒绝表示意见的"外交辞令"，我只好不再追问下去了，其实他的运动会常识比我高，例如赛跑起步时枪声连连两响，就是有人"偷步"，我不知道，而他知道，所以他对于"全运会"的拒绝表示意见，我真是不解。

在我呢，当真没有理由不满意；我自己"运动"过了，而且还看了"看运动会"的人们。然而过了几天以后，我知道我的少爷那天也"看"了一点回来，而且也许他还"赞成"的，那就是会场的建筑。

因为第一次看了"满意"，所以十九那天又去，各报的"全运会特刊"，早已预测这天一定很热闹，我也以为"很热闹"者不过水泥看台上不留空白罢了。哪里知道我这"以为"离事实远得很呢！

到运动场时，不过 10 点钟。这次我有"经验"了，几座卖"门票"的亭子一找就得，怪得很，"售票亭"前一点也"不闹"，上去一问，才知道好一些的座位都已经卖完了（后来我知道"热心"的朋友们都是早两天在中国旅行社买好了的），然而篮球场的门票居然还有，至于"田径场"只剩起码的 2 角票。好，2 角的就是 2 角的罢，反正我看"看运动会"的人也就满意了。我买了票后，不到 15 分钟，"田径场"门票亭就宣告"满座"。

那天"田径场"只有两场足球决赛，时间是下午 1 点和 3 点。篮球场也有两场决赛，时间是下午 1 点到 3 点。我以为（又是"以为"了）看过前一场的篮球再到"田径场"应卯，一定是从容的。我决定了这办法时，大约是 10 点半，离下午 1 点还有 3 小时光景。

不免先上"城头"去逛逛。一进去，才知道这个 10 万人座位的"田径场"看台已经上座上到 8 分了！然而，此时"场"中并无什么可看，只远远望见那边"国术场"里有一位上身西装衬衫、下身马裤、马靴、方脸儿、老大一块秃顶的"名家"在郑重其事地表演"太极拳"。他双手摸鱼似的在那里掏摸，他前面有一架"开末啦"，大概也在拍罢！

我相信那时田径场的 8 万看客未必是为了那太极拳而来的，我也不相信他们全是我的"同志"——为了看"看运动会"的人而坐在硬水泥地上晒太阳。他们大部分是所谓"球迷"罢！然而不是来得太早了吗？（后来我知道他们并不太早，他们的"经验"是可靠的。）照我的估计，他们中间的大部分一定是 10 点以前就坐守在这里了！这一份"热心"真可怕！

并且他们下定决心坐守到下午 1 点钟，不见他们差不多全带着干粮么？后来我又知道他们的"经验"在这上头也丰富得不得了。因为不久以后不但"满座"而且"挤座"的时候，各种食品的贩卖员都给"肃清"出去，你不自带干粮，只有对不起肚子了。

然而我根据了上次我的"经验"这回是空手来的，所以"看人"——带便也看"摸鱼"，看到 11 点过些儿，就"挤"出（这时已经十足可用一个"挤"字了）那"城墙"来打算吃了饭再说。

吃过饭，我还是按照我的预定步骤先到篮球场。因为小姐是喜欢篮球的。而我也觉得篮球比足球更近于真正的"体育"。篮球是刚柔相济的运动，演来是一段妩媚。

在体育馆门口，我经验了第一次的"夺门"就知道那里边一定也在"挤座"了。幸而还有座可"挤"。

这里的"看客"大部分是来看"运动"的。并且（也许）大多数是来看选手们的"技巧"，——借用小姐的一句话。于是我也只好正正经经恭观北平队和上海队的"技巧"。

好容易到了1点钟，"看台"上挤得几乎要炸了，两队的球员上场来了。却又走马灯似的各自练一趟腿——好像打拳头的上场来先要"踢飞脚"，那时就听得看客们私下里说"北平队手段好些"。

果然，开始比赛的10分钟，北平队占着优势。后来上海队赶上来了。分数一样，而且超过北平队了；但北平队又连胜数球，又占了上风。这样互有进退，到1小时完了时，两边还是个平手，于是延长时间再比赛，在延长时间又快要完的一二分钟以前，上海队比北平队略多几分。这时上海队的球员似乎颇倦了，而且也不无保守之心，得到了球并不马上发出或攻篮，却总挨这么二三秒钟。每逢上海球员这样"迟疑"似的不"快干"的当儿，看客中间便有人在"嘘"，老实说，我是外行，不懂这样"不快干"有什么"不合"之处。然而我身旁有一位看客却涨红了脸啐道："延挨时间真丢人！"

哦，我明白了，原来篮球规则虽然已颇周密，可是对于"延挨时间"以图保守胜利这巧法儿，也还是无法"取缔"。

锣声响了，比赛告终。上海队以略多几分占了胜利，"延宕政策"居然克奏了肤功。北平队先离球场，这时候我忽然听得"看台"的一角发出了几声鼓掌，似乎在宣称北平队的虽败犹荣，而同时在上海队将离球场的时候，忽然那"嘘嘘"声又来了，而且我对面那"看台"上掷下了许多栗子壳和香蕉皮，这个我很懂得是有些"义愤"的"看客"在执行"舆论的道德的制裁"了。而且这些执行者大概不是上海人。

自然，同时也有一些（不多）鼓掌声欢送得胜者，然而"舆论的道德的制裁"的执行者们，因为显然是集中一处的，所以声势颇为汹汹。

在先我知道了上海队是取"延宕政策"的当儿，也觉得他们何必把第三名看得这么重，但后来栗子壳和香蕉皮纷纷而下，我倒又觉得上海队的重视第三名并不特别比人家过分，如果栗子壳和香蕉皮之类等于北平的"啦啦队"，那么，未免多此一举，如或不然而是表示了"舆论"对于"非法胜利者"的唾弃，那么，也是"舆论"一分子的我对于失败者固然有敬意而对于胜利者也毫无唾弃之意，比了一小时而不分胜负，总可证明两边的手段其实没有多大高低。所以上海队的"延宕政策"的成功未必算是"丢人"的"胜利"，要是它不能在延长时间内多得几分，即使它"延宕"也不中用，而这"最后的多得几分"显然不是靠了"延宕"得来的。"上海真运气"——在"延宕政策"开始时，我后边的一位看客说。对了，我也庆幸上海队的好运气，同时也可惜北平队的运气差些。

第二场篮球是河北队和南京队争夺冠军，我们看了一半就走，同时有许多"看"客也纷纷出去。并不是篮球不好看，我知道他们和我一样还有别的节目要看呢。我是按照预定计划直奔田径场去。

然而糟了，每个看台的入口都已拉了铁门，而且每个紧闭的铁栅门前都有一大堆人在和门警争论。

"里边满了，没有法子！"门警只是这8个字。

我相信里边是满了，因为上午11点左右我就看见"里边"是装得满满的。然而因为打算看"看运动会而不得"的人，我就历试各个"铁门"。沿着那"圆城"走了半个圈子。忽然看见有一道铁门前的人堆例外地发生变动，——半堆在外面的人被铁门吞了进去，我和小姐赶快跑过去，可是那铁嘴巴又已闭得紧紧的了。于是我就得了个确信，里边虽然满了，尚非绝对没有法子，不过"法子"何时可有，那是守门警察"自有权衡"了。我们一伙人就在那里等。

可是隔不了多久，却远远地望见右边另一个铁门也在吞进人去了，这离我站的地方约有3丈路，我招呼小姐一声立刻就往右边跑，同时也有许多人"舍此而就彼"。我们跑到了那边时，那铁门还在吞人，我当然是有资格的了，可是回头一看没有小姐，只好赶快跑回去找她，半路碰到她时，再回头一望，那铁门早又闭得紧紧了，我埋怨小姐，小姐也埋怨我，说是我跑了以后，原先我们在等的那个铁门放了许多人进去。

"他们看见了门前人少了，就开门。"小姐说。

哈哈，守门警察的"自有权衡"的原则被我们发现了，我们得用点技术来抢门。那也简单得很，我们站在两度铁门的半路，要是看见右首的铁门在"通融"而左手铁门前等候的人们蜂拥而右的时候，我们就赶快奔左边的那道门。这"策略"一试就成功，门警连票子也没来得及看，因为这当儿是"看客"在表演"夺门"运动。

里边满得可怕！但是我们居然挤了进去，而且也还看得见"运动"。刚刚占定了一个地方，就听得播音喇叭叫道："你们好好看踢球不要打架！"接着（过不了5分钟）又是"不要打架，你们是来看足球的"。那时，场中是香港对广东，那时满场10万的看客，大概至少有一半以上是真正热心在看"运动"——不是"球迷"们在看"球王"。

我看了10多分钟实在挨不下去了，太阳是那么热，人是那么挤，想看"看运动的人"也不成。而我于足球也还够不上"迷"的程度。

我只好亏本一回，把花了半小时工夫、运用了"策略"或"技术"抢门而得的权利，仅仅享用了10多分钟。

慢慢地走出运动场的时候，已经4点十几分。我忽然感到不满意了。论理我不应当不满意，因为我确乎很正经地看完了一场篮球。然而我总觉得未尽所欲似的。

因为有点不满意，就只想赶快回家，可是呵！有多少人在等车！而且还有多少人陆续从运动场里出来！我到了公共汽车停车处时，刚刚有一串的公共汽车远远驶来，那是回来的空车，我知道。但是人们像暴动似的一哄而上，半路里就把空车截住，我也不由得往前跑了一段路，我看见车子仍在走，不过慢些，车门是紧闭着的，人们却一边跟着车跑，一边就往车窗里爬；一转眼已是满满一车子人。我虽然并不"安分"，可是这样的"暴动"只好敬谢不敏！

各路公共汽车的空车不断地长蛇似的来，其中夹着搬场汽车和货车（当然此时全要载人了），但是没有一次没有一辆不是被半路截住，而且被"非法"爬窗而满了座。搬场汽车和货车没有窗，人们便吊住了那车尾的临时活动木梯，一边跟着车子跑，一边爬上那摇来摇去的梯子。

我一算不对，十五六万的看客，差不多同时要回去，就算是5万人要坐公共汽车，而公共汽车连临时的搬场汽车货车也在内一共是100辆（后来我知道估计差不多），每车载40人，20分钟打个来回，那么要搬运完那 5 万人该得多少小时？我如果不取"非常手段"也许要等到 8 点钟罢？这未免太那个了。

然而我终于安心等着，而且我愿意。因为想不到运动会散场以后，居然还可以看到一种"运动"——五六万看客们表演"抢车"那种拼命的精神，比广东足球队还要强些。

这第二次的去看，我终于满意而归。我看了两种并非"选手"的而是群众的"运动"——夺门和抢车。

发了一夜的财

邹韬奋

　　上海每年总有许多人购买香槟票（即跑马票），希望得头彩，发横财，今年上海有刘某和他的朋友合买一张，有一天夜里将睡的时候，跑马厅里有一个向来认识他的小马夫，异常高兴地奔到他的家里告诉他一个喜信，说是他中了头彩了！中头彩的本可得到 22 万 4 千元，他就和那位合买的朋友对分，也可分得 11 万 2 千元。于是他那一夜竟弄得达旦不寐！为什么呢？他想忽然得了11 万 2 千元，怎么办好呢？存入银行里好呢？还是存入钱庄里好？分开来存好呢？还是一齐存在一处好？做什么生意好呢？还是先造一所洋房好？他这样瞎转了一夜的念头，虽然得了一个喜信，却先吃了一夜的苦头！还不止此！第二天早晨，他心花怒放的便往跑马厅里跑，不料调查之后，才知道他所买的号码比所开的头彩号码相差了一个数目字，那个小马夫在前一晚一时未曾听得清楚，以为先报一个喜信，将来也许有什么特赏，匆匆忙忙很鲁莽地报了一下，弄得这位刘家仁兄好像只发了一夜的财，一文

159

钱没有到手，所赢得的却是一夜没有睡，翻来覆去地想个不休！结果想了一场空！真是上海人所谓"触眉头"！

其实人生数十年，也未尝不可作一夜观，发了一夜的财——而且还是有名无实的财！已经如许苦忙了一夜，即发了数十年的财，更要如何的苦忙！

或者有人说："你是个穷措大，乐得作此解嘲语罢了！"但是我却不是因为自己做了穷措大，有意唱高调，却是有感于一班人死命地弄钱，其下焉者更昧着良心干！一旦瞑目，究能带去多少？徒给不肖的子孙去无恶不作，遗臭当世。替一个机关做"账房先生"还说是服务社会；这样做了一世的"账房"，反替社会多种孽因，何苦来！

我们以为昧着良心干的钱当然要不得，就是用正当方法赚到的钱，除自给相当的生活及子女的教育费外，应多为社会设想，尽自己的力量多做一些有益于人群的事情，不要情愿加入"守财奴"的队伍里去！不然，发了一夜的财诚然没有什么意思，就是发了几十年的财，又有什么意思？

学校生活与书院生活

胡怀琛

前清末年，废除科举后，学校发达，而上海得风气之先，公私各校皆比他处为多。五四运动后，"大学"特别发达，一时私立大学，如雨后春笋般地产生出来，不消说，也是以上海为最多。

因为大学多了，就不免人品不齐，学校的本身，也有带一些营业性质的，教授也有滥竽充数的，学生也有为了文凭而读书的，种种奇怪现象，早为一般读者所闻所见，我虽然要想为之讳，也无从讳起了。（当然也有好的，不在此例。）

于是有一种人，看到现在大学闹得不成样子，便回想到当年的"书院"的好处，恍惚觉得旧时候的书院是有学校之长而无其短。10年前，如胡适之等人还发表过许多议论，讨论介绍书院的制度，立在书院已经废弃的时代，回想到书院，只想得到它的好处，却忘记了它的坏处，好像书院真是一种好制度；然而事实又何尝是如此。

科举未废时，上海的书院也很发达，而且是很有名的。我们试翻一翻上海县志，也只看见它说到书院的好处，却没说到当时考书院者各种可笑可鄙的情形。其实，当时的书院肄业生，和今日的大学生，又有什么两样呢？这不是我瞎说，是有事实做证明的。

瑞安孙锵鸣在前清同治光绪间，曾做过上海好几个书院的院长（旧称山长），今读到孙先生的遗诗，其中有几首"竹枝词"一类的诗，都是说上海书院情形。每首有附注，把事实记得很明白。据他的诗注曾说到一件最可笑的事。大约说：当时投考书院的人太多，而所取的定额有限。于是一般自知投考难取的，都托要人写保荐信。这也不算奇，最奇的，有一次，有某生投考，是先托了某外国领事写了保荐信而来的。孙先生虽然把这人挥之门外，连信也不看，觉得这是一种极无聊的事；却不曾知道这也是自己引诱外国人干涉中国内政的一斑。（就当时的情形而言，这样的事，可算是外国人干涉中国的内政。）

种树

魏金枝

屋前的小天井里，除开当中的一方水汀地外，两边还余下两块泥地，本来种着好几样花木，计有三株冬青，一株杜鹃，两丛竹。我们是住惯了亭子间的，在房内每天看见的就是墙壁，所以当我们初住来时，对于这几样点缀品，也曾发生过一些兴趣。譬如在月夜，可有些树木的影子，参差地映到房里来。而晴和的日子，也有些小鸟，在树上啁啾。尤其是大热天，孩子们也可躲在树下玩儿，晒不着太阳。因此且曾议定方案，预备将它好好地整理一下。至于保护，那是当然了，对于这么个私家花园，实有义不容辞的责任。不过总因为忙，议定的方案，一直没有实行，甚至久而久之，对于这几样点缀品，慢慢地产生了厌倦之感。尤其是我的太太，她总说这房子的光线太差，老是绿暗暗的，分不出朝晚，辨不出昏晓，甚至连缝一个纽扣，也得费尽眼劲。那就是说，天井太小，树木太多，光线不能射进室内，室内便成一座深林，于是人在室内，犹如在昏暗中摸索。因而烦闷焦躁，以至于

163

发生厌倦之感，那也是必然的结果。

　　然而最主要的，还是晒晾问题，孩子们是排泄专家，天天总有些尿布衣裤之类的东西要晒晾，可是树木却挡住了太阳，挡住了晾竿，给你种种的麻烦，使你不得不爬到三楼阳台上去晒晾。这还犹无不可；一到春天，它们还要尽力将枝丫伸展开来，慢慢地占住了从阶沿到玻璃窗这一空隙，这已使人发生一些逼害之感。且进而要拱破玻璃，大有登堂入室的样子。再过一时，又是黄梅天，天上整天下着牛毛雨，而孩子们小便的次数也就跟着竞争似的，越密越多，于是尿布衣服也就供不应求。既不能上阳台去晾，又不能湿了不换，唯一的办法，便只好在房里搭着竹竿阴晾。于是室内竿上的尿布，便如万国旗般，飘飘荡荡，挂个满室。水滴固然有时不免，而尿骚也就着实难闻。至于蚊子，自然也是从那些树木下孕育出来的，所以追根问底，自然都得怨怪到那几株花木。

　　大概也是一个霉天吧，我像落汤鸡似的逃回了家，衣上既是潮湿的雨滴，而衣内又是蒸郁的汗流，于是脱了衣，抹了身，躺在藤椅上息力，一面抓起报纸，无聊地消遣着。总以为可以暂时安适一下了，忽然，一滴尿布上的水滴，正正巧巧地滴在我的鼻梁上，初次，我只嫌恶地抹去了水滴，另换了一个座位，但是第二个水滴，又马上滴在额上了。这把我肚里的陈年老火升了上来，于是我下了决心，顺手拿了把菜刀，也不声响，开出门去，对准了大一点的一株冬青，狠命地砍了几刀。刀是钝的，自然不能一下砍去，可是树枝上的水滴，却淋了我一身，把我新换的一身衣服，淋得滥湿。这时节，我真恨透了，不但不停止砍伐，而且加足了劲，心想一气就砍光了所有天井里的花木。但结果却更坏，因为刀卷了口，虽然还继续砍着，而刀却只从树皮上滑了去，有几下，甚至滑到自己的脚边，因而擦伤了皮肤。于是太太出来了，看见我那副光火的呆劲，怕我会砍断自己的脚，连忙把刀夺了去。算是表示安慰，于是坚决地说，一等天晴，她就预备向隔壁借把快刀，将所有树木，一起砍个尽光。而我，老实讲，我也是力乏了，也便就此下场。

过了黄霉，天是晴了，猛烈的太阳，有时也从枝叶间溜进房内，于是我们的心情，也好似开朗了些，所以砍伐的计划，也就停着不曾进行。但是搁在心上的芥蒂，却也未曾消散，只是因为忙了，管不到这琐碎，也就得过且过，苟安着不再提起。凑巧不巧，接着又来了个秋季大霖雨，又是潮湿，又是闷热，然而室内，却又不得不晾满了尿布，而水滴也照常滴沥个满室，于是肚痛埋怨灶司，重新记起那几棵门外的花木。哪知天逢人愿，一夜大风，竟把那顶大的一株冬青连根拔了起来。本来，将它好好地扶直了，填好了泥土，或可照样生存下去的，可是因为心里恨它，所以虽然大水退了，还是存了一种幸灾乐祸的心理，让它自然地枯死了。接着，旁的两株冬青，两丛竹，一株杜鹃，大抵也因为淹了水，也都先后枯萎下去，接着一切都死了。

少了一切晾竿和阳光的障碍，室内是光明了，天井里也空旷了许多，尽可晒晾了，那是多么的可喜呵，于是一个假日，我便动手砍去已死的树骸，用菜刀把它们从根砍下，然后一段段地砍成柴片，预备作为引火之物。可是正当我砍伐到最大的那株死冬青，当我伸手扶它起来，我就发觉冬青的枝丫，原来还交叉着另一株树木的枝丫，那是有着阔阔的叶子，比枇杷的叶子光滑鲜阔，原来是一株法国梧桐。它，原来就是一边靠着墙，一边靠着阶沿，一向躲在冬青树下，却被冬青茂密的枝叶遮蔽着，几乎无法显露出它的真面目，而现在，它却既不受风灾，也不受水灾，所以才给侥幸地生存下来了。大概由于一点怜恤吧，也或者由于觉得这天井过于空旷了，于是我，一面以一种抱不平的气概，将冬青砍了下来，一面就将这受害者留着。心想，这样，它现在可以舒畅地生活了。

虽然这样，然而它那先天的地位，还是非常不利，因为靠着墙，它仍很难把它的枝干，自由地伸展开来，因此它只得像负隅的野兽般，将背脊贴住墙，而它的枝叶，则如驼背的老人，向前佝偻，必须吃力地支持自己，才能免于颠扑。因此我推想，倘使不砍去那株已死了的冬青，也或者可以稍稍支持它，然而现在却已砍去了。而另一面，生命之力，又拼命地引诱它，引向空间，引向太阳，以至于要是再继续长大下去，它自己的过量的体重，必至折断它的腰。因之它也似乎觉得这点，便停止发展，甚至过了整个的一年，它仍是原样高，原样大，寂寞地躲在墙角边；倘不是正式跨下院子去，便很难看见它是否存在。

而同时，砍去了树木，自然是多得了些光明，也有晒晾的地方了，然而一少了它们，就又觉到太寂寞了。因为少了它们，也就没有鸟声可听，月影可看。这，大概因为我们自己也是生物的缘故吧，往往多了一个生物，有时便会觉得多一份麻烦，但一旦少了一件，便又会觉得寂寞，那真是人类可笑的矛盾。

因此，我们又逐渐觉得寂寞起来了。当我们从玻璃格子上望出去，低点，便看见两块不毛的泥地，稍抬得高一点，又是面对着人家的死板的墙窗，此外再没什么有色素有生命的生物。虽然少了些蚊子，却也增加了热度，因为有着树木，树固然遮去了太阳的光线，但也代受了太阳的热力。这在平时，我们是不觉得的，现在却深切地觉得了，没了树木，也并没增加多少便利。

　　大概是偶然的一天，我又习惯地从玻璃上窥视天井，看见左边的那方泥地上，笔直地插着两三块劈开的柴爿，据我当时的断定，以为定是孩子们在天井里玩，于是就把柴爿当为旗杆之类，插在那里了。这玩意，我们小时，也常常这么做，因此我又想，大概明天，孩子们玩腻了，一定又会把它拔了，仍旧丢到柴堆上去。然而，它竟出乎我的意料，它们竟笔直地插了好多天，当我每次探头门外的时光，还是笔直地插着。于是我又想，大概因为天气凉了，孩子们便少跑到天井里去，于是对那已经插着的柴爿，也就懒得去收拾了。

　　然而这想法并不对，在某一个星期天，我仍看见他们照样跑到天井里去玩，照样地争着吵着，对于刺面的秋风，并不觉着什么，而那插着的柴爿，也还照样地插着，可见我想的并不正确，另外必定还有一个缘故。于是我就几乎每天都要习惯地向天井里窥视一次，看看插着的木片，到底有什么变动。终于有一天，晚饭的时候，我又探头看天井了，忽然看见木片拔去了，换上三根鹅毛，而且仍是插在原一地位上。

　　"鹅毛，哪里来的鹅毛？"我终于问了。

　　"是的，鹅毛，后门对家杀了鹅，她就去讨了来。"

　　"我是问，谁把它插在地上的？"

　　终于妻笑了，她指指坐在她身旁的孩子。"这呆子，"她说，"她要种出许多鹅毛来，因此她就把鹅毛插在地上了。"

　　"那么，那些柴爿，也是你插的。"我问那孩子。"可是插了柴爿，那是长些柴爿给妈妈烧饭吧？"

她皱起眉，认真地答道："不，那是长出树来的。"

"可是你又拔了它！"

"它不长，长了也会给你砍去的。"她说，她用眼怀疑地盯住我，同时向我顿顿头，表示着抗议，"现在我种鹅毛了，让它笔直地长上去，长上去，长得天那般高，那时，你就砍不着它了。"

自然，鹅毛是不会在泥里生长起来的，大概再过几天，它们又会像对付柴爿一样，被丢过一边的。然而这个意念是好的，我想不辜负她孩子天真的幻想，当植树节来临的当口，去买几株最容易长大的杨柳，将砍去的树木，重新补种起来。仍使月夜，有点参差的树影可看，有几只小鸟来树上啁啾，而孩子们也仍得在树下玩儿，而那躲在墙边的一棵法国梧桐，也可多几个伴。

广告术

梁得所

从前在上海有一次宴会中，席上有从美国好莱坞回来的摄影师，大家自然谈论电影消息，某君问那摄影师说：

"听说史璜生（Swanson）4 月来华游历，是否确实？"

"不见得是真的，"摄影师答，"那不过是一种 Publicity 广告术罢。"

"广告？史璜生是薪金最高的女明星，哪里用得着在中国宣传？"

"I tell you."摄影师说，"No one is too big for publicity."——没有一个人面子大到用不着宣传。

中国乡下都识日本的人丹，皆因广告犀利。现在人人皆知了，似乎无须再做广告，然而现在仍旧把获利之四分之三拨作广告费，比如一年赚 400 万元，就拿 300 万去做广告，这种营业政策，除却美国和日本之外，恐怕别处少有。

中国报纸的广告价目，照最大的申新两报为标准，全面一天定价 300 元，日本的朝日每日新闻，同面积的广告价要 3000 元，贵 10 倍，而登广告的很多，这足以证明他们肯做广告。

这回游日本的纪念品当中，有十多种火柴，都是在茶室旅馆随手拈来的，日本商店大多数特制火柴送给顾客，盒子五花八门，报载有一个好奇者，专收藏火柴，竟搜罗得 16 万种！其他含有广告作用的扇子、牙签、明信片之类，要多少有多少。

关系广告术的书籍，在书店占相当的地位，定期刊物有《广告界》《商店界》《商业美术》等，作专门研究，一般店门招牌窗柜的装饰，多有吸引力，在看惯上海南京路橱窗里的装饰的人看来，也许不大稀奇，但与香港、广州和内地都市比较，相差很远了。

中国商界心理以为广告是消耗的而不是生产的，尤其是较老的商店，以为牌子老用不着宣传。商业的状况和习惯各有不同，中国不大注重广告，不见得因此没有生意，这是聊以自解的话。然而撇开营业问题来讲，轻视广告的心理，含有两种不长进的根性：第一，发展成功与否听其自然而未尽人事；第二，恃自己牌子老就自满自大。上面说过，日本政府每年用 40 万元宣传费，招引外国人来游历，直接博取千万现金，为富国方法之一；中国对于游客来者不拒去者不拘，何尝做招徕的功夫，听其自然而未尽人事，余可类推。至于恃牌子老就说不用宣传，更错了。从广告术方面而论，营业愈大，广告愈要注意—— "No one is too big for publicity"。

西装商榷

郑逸梅

海上人士穿西装的，约占十之四五。实在穿西装比了中装，便捷而又经济，无怪人们纷纷改装。恐不久的将来，在 40 岁以下的男子，找不到一个穿中装的了。把便捷来讲，在家中上楼下楼，在途间上车下车，都没有拖泥带水的弊病。就是出门旅行，备了一件大衣，也就可以了。把经济来讲，中装有皮的、骆驼绒的、衬绒的、夹的、单的，须随着时间而更换，这笔衣着费就很可观了。至于西装，春秋和冬季，只需一套，便可敷衍彰身。不过冬季加穿一件厚大衣，春秋穿薄大衣罢哩。夏季的西装，置备更为容易。甚至精明朋友，到吴淞路去拣一身，花了十多块钱，一切附属品都有了。走到街上，居然趾高气扬，为新时代的代表人物。

可是西装的材料，脱不了呢和绒两项。那呢绒完全为舶来品，金钱流到外国，岁不可以数计。记得鄙人前年担任某女校的课程，一位很促狭的女生，故意问怎样可以富国。鄙人不假思索地回答："第一要国人不买外国货。"女生接着说："既然如此，那么先生为

171

什么要穿什么西装？"问得鄙人瞠目结舌。幸而下课时间已到，便乘此假痴假呆地下坛。鄙人何尝不想把国产的原料来做西装，可是国产的原料，穿在身上，不到几时，那领端衣角，会得不由自主地卷起来，很不服帖。深愿我国实业家从事织品的，努力加以研究，借以挽回利权。

西装的袖口外，往往有几个没有扣的纽儿。曩时很有许多人讨论它的用处，可是讨论没有结果。鄙人总觉得这是赘物，可以除去。还有西装的裤儿，总是做得很长，脚管上折叠一重，俾于步履上，不致有所妨碍。鄙人以为与其折叠，毋宁当初做得短些。并且折叠了，这折缝中积尘藏垢，很不卫生，有百害而无一利，还不如废去这种制式的好。

父亲的新年

傅东华

中学生杂志社邀我去谈话的那天晚上，适巧我的母亲从故乡到上海：女儿娟，儿子浩，都特地向学校告了假，要我带他们到车站去迎接。车是 11 点 5 分到的，谈话约的是 6 点钟，我若是赴了约吃了饭回来再带他们到车站，时间一定来不及，不回来带他们去，又怕太扫他们的兴，盘算了许久，这才算出一条妙策来，就是带他们先去赴约。

母亲接到了，在别了一年后的琐屑家庭谈话当中，偶然提起了明年是父亲的 70 阴寿，那时我口里谈话，心里正被《中学生》编辑者方才出给我的题目"新年"占据着，及至提起了父亲，这才像通了电似的突然把新年的观念和父亲的影像融合了起来。

是的，自从我能记忆的时候起直到我童年的终了，每个新年的回忆里总是父亲的影像居于最前列。一到腊月初头，父亲的面容就变严肃了，账目要清理，年事要备办，一切都得父亲独个人担当。有时候，父亲紧皱着眉头。双手互相笼在袖筒里，默不作声地在房里整日地往来蹀着，我们都知道他正过着难关，于是新年将到的喜望就不觉被给父亲的同情所销克。

但是到了谢年的晚上（寻常总在二十七八），父亲的愁颜总是会消解的。迨到厨房里端出了三牲，供桌上点起了红烛，父亲拿着三炷香深深一拜下去的时候，口里总跟着大大吁了一口气，欣幸着一年的负担至此暂告一个结束。

此后，父亲的行动就随着年事忙碌的程度逐渐活泼起来。年年挂的几盏灯，年年挂的几条画，总是父亲亲手洗刷，亲手悬挂的，迨到除夕的早晨，父亲早已使新年的空气洋溢了全宅。

年夜饭照例是同样的十大碗，又因账目早已弄清楚，照例一到上灯就开始的，那时街上讨债人的行灯还正往来如鲫，我们却已安然团坐吃喝了。因了这，父亲每年总有一番自慰的感慨。"我们能够这样也就不容易啦。"他对我们很郑重地说。

从元旦直到灯节的终了，都算是新年期间。元旦早起，父亲就穿着禀生的衣冠开始请神供祖。正厅中心的方桌上这时挂上红桌帏，朝南一张椅子披上红椅罩，上面竖着一个纸神马，桌上供着五事和神果盒。这排场也是年年不变的；这就是过新年的主要背景了。在这背景上演着过新年的节目的就只父亲一个人。我们都是看客，至多也不过是助手罢了。我们看过他毕恭毕敬地跪拜祖先容像，看着他送往迎来地招待贺年客。这些，在我们都是过新年的有趣的节目，在父亲却是严肃的义务。啊，我是直到现在才了解这种义务的意义的，虽然这套节目到我手里是早已废止了。

到了灯节，过新年的兴味才从家里移到了街上，但是仍旧离不了父亲。从正月十三夜起接连四夜，灯的路程总是一样的，及行过我家门口，差不多总是午夜时分了。每夜，父亲总先领我们到别处看过一遍，这才回家等着，等到行过我家门口，我们全家人就都站在门口看。行列的末节是关圣帝君的香亭，前面有灯伞仪仗，伴着细乐，神气很是庄严，后面四面尖角旗，一面大帅旗，都挂着灯笼，也有一副锣鼓伴着，总是冬仓冬仓地敲得那么单调。我们听见这声音，总有一种兴会完尽的不快，而父亲每夜又必加上一句结束词，使我们愈加觉得难过。在前三夜，他的结束词是："好啦好啦，明天再看啦！"以后就是关门，熄灯，睡觉，沉默。最后一夜他只换了一个字，音调却悲怆得多："好啦好啦，明年再看啦！"我们听见这话时的感触是难以形容的，但也直到现在，我才十分了解这话的意义。

父亲去世已经 27 年了，故乡废止行灯也已有了好几年，即使他活到现在，也已不复得"明年再看啦"。

娟和浩都不曾见过祖父，不知祖父怎么个样子。他们自己的父亲不会像祖父那样过新年给他们看，这是他们的不幸。但是每个新年终了时的那种悲怆情调他们却也尝不着，又何尝不是他们的幸福？而且当他们的父亲过着这样的新年的时候，他还没有做到中学生哩。

特别乞丐

松　龄

乞丐而称特别，自然有特奇的举动。特别乞丐名字叫雷祥，年纪不过近30，是徽州人，以前在上海某木行做生意。他的父亲是秀才出身，他自己的才干，也样样出人头地。在行中时，有一个别号，被众人叫出来的，叫肚皮算盘。因为他对于珠算，是熟极而流，能够肚皮里默算，快而且准，从来心算不会算差一丝的，并且写得一手好字。在商界中这种人才着实是不可多得，所以店中自东家经理至学生店司，没一个不称赞他的本领高。要算经理顶喜欢他这个得意高足，哪里晓得爱之实反害之。他不到20岁，已经嫖赌吃着样样精通，还吃上了鸦片烟。在那时间鸦片烟还很贱的咧，后来渐渐被经理晓得了，停生意已经停过好几次，末后到底流落海上，无所事事。可是他仍旧拼命地嫖妓宿娼，吃烟赌钱，弄得不可收拾，且双目散光，就此一变而为乞丐了。

他所以称为特别乞丐的特点是进账甚多。大概系以前一般老主顾，都和他认识，且和现在几位木行老板，都带着些亲戚，故现在住在海宁路某茶叶栈内打铺，花几角钱一月的租金，早起夜摊。幸而这茶栈的东家和他也是亲戚，多方照应他，使之成一上海奇怪人。他每天起来，到北市各亲友处挨班勒索。（实在户头太多，故必挨班索取。闻渠有一本账簿，专记某日某人班头，即赴某人处索乞。）至11点钟，步行至南市某木行用中餐。食毕，再赴南市各亲友处挨班行乞，诸钱庄和某木行有关者，亦会去索，每次非一二角不可。再有黄浦内之木船，从福建来一次，则开销2元，诸木行老板每日也有一定开销。所以他的进款，实比我们吃人家饭的多不知几倍哩！有一次，我在南京路电灯底下，看见他身穿新竹布长衫，正在左右四顾，洋洋自得，一定鸦片烟吸饱了。像他这种逍遥自在，吃用不担心的人，上海有几个呢？

他还有一桩特别本能，每逢一年十二月二十八日，俗例送灶上天，他收买了纸轿数十顶（花本每顶1角），分头送往诸亲友处，每顶需索洋七八角，其利益真不少，而诸亲友不得不应酬他。再逢每年新年初五，各商店循例迎接财神，他于是预先收买了几十件元宝财神菩萨，每件只费2角钱，分送各认识的大商店内（如木行、钱庄、茶号约二三十家），临时（半夜三更）往人家神案前叩一个头，叫一声恭喜发财，就可拿人家一元二元的喜钱，这就叫打抽风。有人说他倒是一种极好的投机事业咧。

他以前做生意出风头时，曾眷恋一名妓口心阁，彼此假爱情热得比火还热。后来他床头金尽，口心阁视他比陌路还淡，所以他到人家乞钱的时候，必定长长一大篇地劝人勿嫖勿赌勿食鸦片，并将他自己的前事详详细细说给人家听。

伤心的俏皮话

胡寄尘

绪言

有人说，我喜欢讲俏皮话。这句话我固然承认，但是我实在是个老实乡下人，有时应酬话也讲不连贯，怎么会讲俏皮话呢？从我们敝省初到上海的时候，土头土脑，尤其不会讲话。上海社会上一般的人，多是很刁滑的。黄包车夫，宁可拉了外国人不要钱，却拼命敲乡下人的竹杠；四马路滑头小店里的伙计，宁可拿东西照本卖与大少爷，却向乡下人讨五六倍的价钱。受了这种痛苦的，想不止我一个乡下人，我不过千万乡下人中的一个代表罢了。我受了这种闷气，没有法子可对付；同他们讲理，是无从讲起的。后来还是想出一个新法：拿俏皮话来对付，有时候凑巧，倒也很开心。但是看官须知，我的俏皮话，都是被"伤心"逼出来的啊。闲话表过，下文便是俏皮话了。

请叫花子吃面

有一天黄昏时候，正下着蒙蒙的细雨，我着了崭新的夏布长衫，打四马路上走。这时候路上人很多。单说行人之中，有一个面馆里的伙计，一手端着一碗爆鱼面，捧得高高的，也在路上走。不知怎样，我的臂膀将他的肘子碰了一下，那碗里的汤便有些泼了出来。一块爆鱼，也跌在地上。我连忙闪避，幸喜我的长衫，还没有揩到油。却不料那伙计一面将地上的爆鱼拾了起来，放在碗里；一面拖着我不放，要我赔他的面。路上的行人都说，大家不当心，既然碗没有打破，面没有打翻，便没有要求赔偿的道理。可是那伙计只管拖着我不放，那副刁滑凶恶的面目，简直是个强盗。当时我便问他："要赔你几个钱？"他说7个铜板。我想7个铜板，真算不得什么，果然理当赔偿，我便10倍赔他也愿意。他今天这样情形，我心里实有些不服。我便赔了他7个铜板，他那碗面仍旧可以送给人去吃，7个铜板当然是放在他的私囊里去了。我心里如此想着，便想出一个法子，口里说道："伙计，我便赔你罢。但是我既出了钱，那碗里的面，便是我的，不是你的了。"刚巧这时候弄子门口，坐着一个叫花子，我便招招手叫他走出来，说道："这碗面送你吃罢。"一面摸出7个铜板来赔偿那伙计，一面逼着他将一碗面倒入叫花子有甩的洋铁筒里。那叫花子满口称谢，路上看的人都说："公道公道。"这时候我也趁空走开了。"我既出了钱，那碗里的面，便是我的，不是你的了"，这真算一句俏皮话。

揩油的铜板

有一天我从西门小菜场乘电车往东新桥。跳上了头等车厢，照定章，小菜场到西门买票3分，西门到东新桥又是3分，一共6分。分买合买，都可以的。我匆匆跳上车去，摸了6个铜板，买1张票。卖票人拣了一拣，退还我3个打旗的铜板（便是民国纪念铜币），说："要调换有龙的（便是前清的铜圆）。"我手里一大把铜板，却一时来不及细拣。车中人又多，弄得手忙脚乱。卖票人厉声催着我，好像是叱呼奴婢一般的神气。我随口答道："先买了3分再说。"我说这话的时候，车已到西门了。卖票人含怒道："3分么？西门已到了，快下去。"他票也不给我，只催我下车。我慢慢地道："再买3分，不可以么？"卖票人不作声，伸手问我要钱，我故意再给他3个打旗的铜板。卖票人怒目望着我，口里说道："走下去，走下去，这样的铜板不要。"我便含笑对他道："朋友，揩油的铜板也要捡么？"（按：前回不给我的票，已被他揩去3个铜板的油。所以前后6个铜圆之中，有3个是揩油的。）卖票人闻言会意，也对我笑了一笑，收了铜板，给了我1张票，任我走了。同车的人都含笑着不语。"揩油的铜板也要捡么"，这也算一句俏皮话。

冒充纸业公会董事

有一天我往城隍庙去玩，看见旧书摊上有本什么书，书的名字，我现在忘记了，不能说出来。且说我看见那本书很中我的意，便问他要卖多少钱。卖书的人道："5角。"我道："这个价钱，未免太贵了些罢。"卖书的人道："先生，你有所不知，今年纸价太贵了，所以书也不得不贵。"我看那本书，虽不是什么宋版明版，然确是前清嘉道时候印刷的，和现在的纸价，有什么关系呢？卖书人说话的时候，虽然是笑嘻嘻的十二分和气，但是将人家当了老外行，实在是欺人太甚。这笑容比怒容还要难看。我想了一想，便答道："先生，你不要把我当外行。我是纸业公会里的董事，纸价涨跌，我都知道。昨天纸价确是贵，今天已贱了。你这本书在昨天卖，不算价昂，但是在今天便不行了。你以后要定书的价目，还是先向我来打听消息罢！"卖书人闻言，便红着脸不说话了。"你以后要定书的价目，还是先向我来打听消息罢！"这又是一句俏皮话。

结论

看官须知，我的俏皮话，不是我喜欢说而说的，乃是不得已而说的。以后倘然可以不必说时，我也不再说了；我的俏皮话，不是对于老实朋友说的，乃是对于刁滑朋友说的；不是攻人的矛，乃是自卫的盾。我这土头土脑的，却在上海住了十六七年，倘然不拿它来自卫，那便老早气死了。所以我的俏皮话，便叫做伤心的俏皮话，也可叫做救命的俏皮话。

未来的时髦夏衣

卓 呆

近来上海提倡奢华的店铺。自从开了什么先侈公司、永华公司以来，妇女们的打扮，着实奢华得多了。最奇怪是在夏天，往往穿一种半裸体的衣服。虽有衣服穿着，轻薄得异乎寻常，人家看过去，宛如看玻璃罩中之物，处处清清楚楚，这大概是麻纱罢。衣服的里面，还故意装得花花绿绿，譬如一件小马甲，用了极夺目的颜色，再用很显的边来滚着，胸口挂一个大金锁片。在看者的心里，一定还不满意，最好是连这一薄层也没有，那才称心了。

我想上海妇女的夏衣，照这么进步下去，我们就大可想象数年之后了。数年之后，流行些何等样的夏衣，可以预料如下：

麻纱那么的衣服，时髦女子到那时一定嫌它太厚，嫌它还看不出内部；用玻璃做衣服，又嫌太硬。因此有聪明的女子，发明一种最进步的夏衣，这夏衣不用裁缝制成，是由画师制的。材料也不是织物，是水彩画的颜料。怎么办法呢？

穿衣人要打扮时，先将身上脱得一丝不挂，单穿一双鞋子。

然后叫画师用水彩画颜料，在伊皮肤上画一件衣服。什么花头，自然可以每天更换，选最时髦点的画好了。颜料宜薄施，不可过分涂得厚，到外面可以风凉一点。自己要露的地方，不妨颜料淡些；要隐的地方，不妨颜料浓些。夜里回去后洗了一个浴，明天可以重画新衣。不过在外面看见天将下雨，那必须当心些，躲避着才是。一经雨水，身上便容易变成本色衣服咧。到那时，画师的生意忙得不得了。一家公馆中，总要包着三四个。一个姨太太出门，背面总要随身带一个画师。万一伊背心上出了汗，走了油，衣服有些破可以立刻叫他修补了。

这种现象，照目下的情形推测起来，大约不久就能实现。最好要请美术学校里开一班"人身装饰画"班，招这么四五千个学生，毕业后才够应用啊！

洋装的笑话

不才子

洋装红楼梦

某君喜着中国料所制之西式衣服。一日，为初夏，某君新制纺绸西式单衫，意甚自得，以骄于人。其友谓之曰：此所谓"洋装的红楼梦"也。

洋装才子

上海僻处海隅，本非文人荟萃之地。自通商而后，四方文人，乃荏止焉。及前清康有为创议变法后，上海复一变而为全国文化中心点。前清末年，上海文人中，有所谓"洋场才子"者，大抵指办小报之文人而言。才子之上加以洋场二字，略含讥诮之意。惟近数年来，所谓"洋场才子"者，已不入时。最时髦者，乃新文化先生。或谓"洋场才子"可改称为"洋装才子"。

外国之滑稽角色

民国成立之初，洋装风行于时，有多数老先生，亦制一袭西装，以资点缀。然大抵穿不惯，遂至束缚不自由。最可笑者，余尝见一老先生着西装，不惯穿皮鞋，乃代以中国旧式双梁鞋，见者莫不以为怪现状云。又不论中西装，其衣裤皆量定人身之长短肥瘦而制。而制西式衣服，则比制中国衣服其尺寸更为精密。故西装绝端不能甲服乙着，而乙服丙着。然余见有买他人之旧西装而着之者，长短肥瘦，相去甚远，而其人不以为怪。或谓此皆外国舞台上之滑稽角色也。

大出丧之种种

济 群

　　上海自从盛杏荪大出丧一番热闹之后，风气为之一变，顿然成了个出丧世界。这两年来，差不多常常可以有大出丧看见。上海人的眼福，真真不浅啊！

　　我看了多次大出丧之后，仔细把有大出丧资格的人物，研究一下，确可分做四种：

　　第一种是民国伟人，同现任的长官。第二种是富商巨贾，而新鲜财东尤其欢喜出风头。第三种是前清遗老。第四种却是帮匪头目，就是俗名叫做"老头子"的。

　　我想第一种，他们都挟着丰功伟绩，极应该生荣死哀，大大地排场一番，给国民做做榜样。第二种他们有的是七钱三，子孙念他挣来时的辛苦，临末来一个也不能带去，于是在他面上花费花费，一则散散福，为死者积功德，二则摆摆阔气，使人家羡慕羡慕，为生者争面子，倒也未可厚非。第三种他们在前清时，费了九牛二虎之力，去刮地皮，刮来的钱财，除给姨太太贴拆白党，同子孙嫖赌之外，尚有余力，咽了气，不妨也闹闹阔绰，把前清的衔牌，同皇太后赐的福字哩、寿字哩，一件件搬出来，显显过时威风，也还不能说他不是。只是第四种，他们身为帮匪，原干法纪，何以竟然也配大出其丧呢？真是令人百思不得其解了。

　　然而近来，"老头子"为他老娘或是为他妻子大出其丧的，竟然数见不鲜。官厅不但不加干涉，反派了几名蒙着虎皮的爪牙，也杂在出丧队里大兜圈子。大约这中间必有特别的原因罢。我倒要请知道此中原委的先生们指教指教哩。

结婚大典

魏 新

序幕

8月10日的下午。

法国梧桐的浓荫遮蔽不了千万影迷的热忱，教堂外面像站立着无数虔诚的教徒们，仰望着教堂上闪着金黄色的尖顶，等候着上帝赐予最多幸福的银坛巨星——陈云裳小姐。

教堂里钟声响了！

结婚进行曲奏在每个人的心灵上：他们是快乐，是兴奋。也有人在羡慕，在庆贺。更有人是喟叹，是寂寞……

高厦掩不住骄阳，人之潮驱散了初秋的微风，把好奇与欣幸的情趣，忘却了流汗与炎热。

一对幸福的人们在万众腾欢里完成了大典。

入场

请帖上特别注明的"凭柬入场"。

迈尔西爱路给汹涌的人潮掀起热浪，车水马龙，红男绿女，把法国教堂的门口围得水泄不通。巡捕在巡逻，招待在验看"入场券"，大批的人们向里面拥进去。

签名册已经满满地签了好多本，堆在旁边，而宾客们要签上一个名也不是一件容易的事。佩花、签名、登楼……你会忘却是参加一个女明星的结婚大典，以为是挣扎在生活的道路上，挤啊……轧啊……列队啊……

整个的法国教堂变成了一座花圃，花篮是列成了一条长长的道路，象征着许多春天的气息，更显示出陈云裳是一朵艳丽的鲜花。

看吧！张善琨先生带了童月娟小姐站在阳台上，今天应该是张先生的心里最高兴，陈云裳是他一手造就的，看到千万人的疯狂，想到自己的力量，他微微地笑了。

那边是梅熹、吕玉堃等静坐着；大家在等候新娘出场之前，先把目标集中在他们身上。白云还是那么浅颦淡笑，许多女人的视线被他吸过去了。梁影、洪警铃……都是佩了"招待"的红条子，活跃在场内。

医生们也总动员起来，所以有一位太太说了"天气这么热，挤在这里，真要使人中暑"的话之后，一位先生立刻接着说："这儿有的是医生。"

婚礼

3 点半都敲过了。

陈云裳的化妆地方也发现了"来宾止步"的揭示，使人想起摄影场上的化妆室。吉时已到，但她还没有出场，这是人生戏曲中最重要的一幕，应该是郑重而又郑重的。

千百双眼睛都注视着那间小室的门，因为华影乐队已经奏出了婚礼进行曲，歌咏班的男女青年，一遍又一遍地高唱着英文赞美曲，差不多大家已"耳熟能详"；那条花篮列成的路，也给人们冲断了。当 6 个女傧相开始踏着节奏走出时，她们竟无法从人丛中寻得一条去向礼堂的路。

许多为人们服务的童子军已失去了他们的服务能力，孩子们不给人群挤倒已是幸事。好容易，许多力大的招待打开了一条血路，里面有冲突，有斗争，有叫嚣。

新郎汤于翰和新娘陈云裳出来了！在人丛中，显得两人特别的矮小，倒真可以说是"铢两悉称"。

陈云裳在一套银色的礼服衬托下，比平日更见娇艳了！她没有笑容，用没有表情来表示出最隆重庄严的婚礼。汤于翰也是静静地、默默地，显示了他内心的安逸与愉快。

婚礼在三分钟之内告成。

摄影记者暂作月下老人，站在他们用印的台上拍照，陈列的贺礼都从台上倒将下来，女宾们爬上桌子，但又从桌子上跌下，喜幛被撕破了，这情形简直像在发生过斗争的国会中。

尾声

万众欢腾声中,新夫妇匆匆地离开了法国教堂。

开始的是茶点招待。

以最平均分配的说法,大约要 100 个人才能占得一个座位,于是,更显出局面的混乱,喜筵变成了计口授量处,你们看(这是意想不到的):许多先生、太太、小姐们在侍役手中夺取一瓶汽水,一块蛋糕……最后,一切都没有了,汽水是剩了空瓶,蛋糕是剩了空盆;侍役双手空空的也不再招待宾客,有许多宾客在大热天连水都没有喝到一口。

花篮已经在人们的脚下踏成一堆堆残花败叶。

从楼上一哄而下后,一切都成了大闹热后的冷静。

门外还是车水马龙,红男绿女在巡捕的指挥下,向两面散开去,人行道上站满了看热闹的人。

阳光在教堂的尖顶上抹上一层金黄色,钟声又继续响动了。陈云裳结婚的消息,从钟声里播送到每个人的心头,去结束他们感觉里的快乐与懊恼!

弄堂

穆木天

如果一个异乡的，而尤其是远处的异乡的旅人在他的不断的旅途中，在这东方的巴黎里停滞上几天的话，他心中会唤起来巡礼者的情绪的。乘着电车或公共汽车，在大上海的大动脉般的街道上，循环了一遭，在车舟纷忙人群杂沓之中，在摩天楼，夜街市的灯光闪耀之中，他对着种种不同国度不同地方的人们的面孔，倾听着他们嘈杂的话语，望着他们奇形异状的衣服装饰，他是会千奇百怪地纳闷着的。他怕会在心里自问："高鼻碧眼的大人们，总会有他们的安乐之巢，可是，那些侬阿侬地说话的中国人，究竟是住在哪里呢？"

也许那个旅人，在他的家乡中，或者在他的旅途中，听见过人家说在上海有所谓"弄堂"的那个字眼。可是"弄堂"这个字眼，对于他，是神秘的，是不可解的。那是同"猪猡""台基"等等字眼同样的不可解。翻遍了各样的大字典，他恐怕都找不出来"猪猡"是什么的意义，同样，恐怕他翻遍了字典也找不出来"弄堂"是一种什么情形的东西。如您翻开法国的拉露丝大字典,您可以晓得法国建筑的构造图,可是弄堂的构造图,在中国的好些大字典中,怕是发现不到的。

"弄堂"这个字眼,对于他是神秘的,"弄堂"的实际情形,对于他更是神秘的,如果那一个旅人不在上海居住一个长期的时间的话。可是,在摩天楼的拱抱中,在汽车、电车、人力车、手推车的交流的缠绕中,"弄堂"的存在,的确是一种神秘。现实的神秘!殖民地的神秘!

如果有人向您问:"弄堂"是一个什么样的东西?那么,您得怎样回答呢?您可以说:"弄堂"是四四方方一座城,里边是一排一排的房子,一层楼的,二层楼的,三层楼的,还有四层楼的单间或双间房子,构成了好多好多的小胡同子,可是,那座小城的围墙,同封建的城垣不一样,而是一些朝着马路开门的市房。也许,您的回答,使听者更为莫名其妙。实在说,不亲临其境的人,不实践"弄堂"生活的人,是不会晓得什么是"弄堂"的奥妙的。

有一些弄堂,是具有浓厚的氛围气的。那种典型的地方色彩,在我们的异乡人的眼睛中看来,是非常古老而且鲜艳的。那里住着典型说"啊啦"话的人家,在过着典型的地道生活。如果您走进那里去的话,可以得到好些好些见所未见闻所未闻的事。那些事情,是在有"红头阿三"把门的高等华人居住的弄堂中所目睹不见的形形色色。而那种形形色色,在异乡人的目前,更呈出一种特别的印象来。

如果您是一个异乡的旅人,想要在上海居住一个期间的话,假定您的生活条件并不优裕,您是尽可以到那些"弄堂"里去租一间房间。但是最好是要找一个朋友做向导和翻译。若不然，不但连房子都找不到，而且还要挨女二房东的臭骂。被"老上海"或冒充"老上海"的朋友领导着，是可以很合路线地去找房子的。沿街走去，可以注意到在电线杆上和两边墙壁上有一些红纸帖。那些红纸帖是招租广告，不过写着"天皇皇地皇皇"的字样的红纸帖也不少。如果向导不指给您看弄堂门口的话，也许您不得其门而入都说不定。街口多半是有油盐店、酱园一类的商店，在弄堂门祠里，什九是可以发现到一个掌破鞋的靴匠摊子，和一个卖连环图书的旧书摊。那您可以在弄堂口上把招租纸再检阅一下。随后见，就可以到弄堂里去寻找出租的房号了。初次见弄堂里的房屋，或者会疑惑到那是一些放大的鸽子笼或缩形的庙宇，或者也会联想到那同前门外的八大胡同一类的地方有点相似。如果您要找哪一家的房子的话，可以敲他家的后门。在上海，靠作二房东生活的人家，多半是由后门出入的。当您看一看要租的房间的局势时，二房东则一定要问您做什么生意，然后，讲好房金，付好定洋，就可以随时搬进去了。那样一来，您就可开始做弄堂生活的欣赏啦。

　　下午您搬进的房间里，如果不是夏天的话，您倒看不到特别异样的景象。不管您住的前楼还是亭子间还是什么名目的房间，您总会觉得这回是进了牢笼了。四处都是房子，除了仰头到45度的角度以上才看得见的天空，再不会瞅见其他任何的自然，大都市的激动的神经强烈的刺激，也更到不了您那里来。在人群的中间待着，您会感到比在沙漠旷野更为孤独。每日的饮食，以及大小便，简直成为一个极难解决的问题。也许您当时一时想不到解决办法，除非您的向导顺便地给您买一马桶来。总之，初次弄堂生活的印象，只是孤独与无聊。

到第二天早晨醒过来，那您就觉得到了另一个世界了。如跑马的奔驰声音，如廊里的木鱼声，又如在日本东京清早的木屐响声，您听见弄堂里起了不调和的合奏乐。永远是同样的乐器，接接连连地合奏着。那足足持续到一个钟头两个钟头的光景。不细细地去思索，真不晓得是一些什么器乐。您起来，您可以听见有一些山歌般地"咿唔哀哑"的调子喊叫起来了。这时，开始了弄堂中的交响乐，您就越发要觉得神秘了。如果您出去到被称作"老虎灶"的开水铺里去打白开水的话，那就可以，对于您适才听到的合奏乐，用您的联想，作一个答案！从后门口望去，家家都有一个或两个红油漆的马桶，在后门口陈列着。那种罗列成行的样子，又令人想起像是一种大阅兵式，方才的马桶合奏乐，又令人怀疑到是野战的演习了。卖青菜的挑子，在弄堂里巡游着。家家的主妇或女佣，在后门外，同卖菜者争讲者，调情的样子，吵闹着，到处水渍、腥气，那令您不得已要在嘴里含一支香烟。也许您会因之就坠入沉思，想象着上海的马桶和汽车的文化来了。

馄饨担子，骗小孩子的卖玩具的小车，卖油炸豆腐的卖酒酿的，一切的叫卖，一切的喧声，又构成弄堂的交响乐。如果是冬季或春秋的话，那些比较地道的弄堂，这一类交响乐，大都是限制于上午的。在不和谐的弄堂交响乐中，更可以看见在后门外有各种不同的滑稽小戏的表演。东家的主妇，西家的女仆，在那里制造弄堂的新闻，鼓吹弄堂的舆论。如果您能够懂他们的侬阿侬的话语的话，就可以听到好多好多的珍闻逸事。就是不懂那些话语，您也可以把那当为一幕一幕的哑剧去观赏。在那种哑剧中，又以看东家的男仆同西家的主妇是身份平等，您也看出来一切的表情上的生动真实。为的买青菜省一个铜圆，勤俭治家的主妇，有时，也舍得向卖菜人送一个飞动的秋波。这种弄堂里的活剧，若是到了夏天，更要大规模地扮演了。母夜叉孙二娘穿着黑香云纱裤子，手拿着鹅毛扇，可以在弄堂里表演她的神通。到处摆着椅凳，人们团团地聚坐着，尤其是晚上，到处可以看出人浪来。女人的黑裤，排列起来，如果您不小心，她们的突出的臀部的双曲线就会碰到您的身上。这时作看门巡捕的，又有了很好的享受时机。在习习的晚风里，产生了浪漫史和悲剧的连环图画。马桶之神所统治着的那些弄堂，又成了一个没有一根草的夜花园了。那也就是黑裤党的大沪饭店和百乐门跳舞厅啊。

　　弄堂房子中的那些密集的房间，是有一些美丽的名称的：后楼，阁楼，亭子间。可是，那些美的名称，正是给人以相反的印象。若是小姐住在后楼里，一定会想找一个不管什么样的丈夫好搬到前楼里头；亭子间，倒不像亭子，而像是一个水门汀的套椁；阁楼原来是棚板上的一块空间，更是徒有虚名了。然而，这样，才是同马桶文明相调和呢！

　　现在，这种马桶文明的弄堂，越发不景气了。马路大街中，终年看得见大减价的招牌，弄堂的门口，招租纸也是终年地张贴着。到处演着减租和欠租的悲喜剧，可是，马桶的交响曲，是不是也奏出悲音来了呢！恐怕珍闻轶事在量上是更丰富了。然而坐在马桶上谈笑自如的一家之主妇，怕要更加坚决地去保持她的传统啦。

找房子

方令孺

"有时候我看见一个鸟巢都羡慕，它可以自由选择枝丫，做一个窝，飞倦了，还有地方安息；我们想找一间房都困难极了！"这是有一天早晨，我和照明站在一条公路旁等车的时候，她叹息着说。她一向都是娴雅温静，对人对事都不爱抱怨，而此刻她脸上显出凄楚的神情，我看她这神情，心里特别难受！"真的，想不到十年漂泊回来，想找一间像以前那样竹笆做的房子都不可能。"我说。

十年来不安定的生活，弄得人像一只破船，还找不着港湾可以休息！我茫然望着远天，回想起那间竹笆做的小屋，在白杨与槐树之间，这时正飘着槐花的清香，在那里可以听到滩声在远处咆哮。

车子还没有到，公路沉默着，有气无力似的躺在地上，等候着人类践踏与侵凌。我们踯躅在路旁，找些东西看看，消散心里的焦急。

197

路旁田里原有一座坚实的防空壕，是敌人在这里的时候造的，现在被拆毁了，砖头运去造一所俱乐部，就在那边，竹篱烧着的一大块空地上，四面栽着松树和白杨。即使是一个防空洞，若是留着，还可以让无家可归的过客夜晚在这里避避风雨；现在那些有用的砖石徒然听着快乐的笑声。我一边想一边走近一个池塘，塘水很清，有人蹲在塘边钓鱼。塘边堆积着从防空壕拆下的泥土。没有一棵树，水里倒映着春天早晨碧蓝的天空。据说近边没有自来水的人家都吃这塘里的水。前天我又从那儿走过，忽然发现那方塘不见了，我不胜惊骇地问人：

"呀！那边那个塘呢？"

"填起了呀，听说要做球场。"

许多"必需与不必需"的问题，萦绕在我的心中。

照明在城里跑了一个多月想找一间房，她不敢设想要一座有树木有草场的屋，像那些快乐的人们那份福气；她只想一间房，正如一个朋友所说，只要有个狗洞，可以爬进去休息一下，也就快乐了。有一天经人介绍，说某处有房子，她就欢喜地摸索着那些生疏的街道，走到一个弄堂里，找到一家印刷社，里面堆满着书页和废纸，再加上一架机器，小小的房间几乎转不过身子来。她走到后面的楼梯口，漆黑的，看不见楼门在哪里，只得壮着胆子向黑暗处叫一声"某某先生"，心中怀着不信任的信任，像是把命运交付给空虚。楼上有人答应，说："请上来。"她迟疑了一下，心想，就凭着从头上落下的一声呼唤，就走上这漆黑一团的楼上去吗？将要碰到什么样的人呢？是妖是鬼，谁能预料呢？不管，她摸索着走上去，在转角的地方，露出一片不太亮的光，一个高高身材的男人，像正在做饭洗菜似的，伸出一只湿淋淋的手，说：

"请上来。"随即唤出房里一个中等身材的女人，叫她领着去看房子。照明心中轻松一下，欣幸不是叫她看这样一个乱杂、黑暗的房子。女人很客气地把她领到街上，转了几个弯，又到一个弄堂口。那里堆满了菜摊、肉摊和腥臭的鱼摊，地上还有一摊一摊的水。她们从人群里挤进去，两排高楼夹着甬道，充满了臭气，一个女人把痰盂里的粪倒在水沟里。再转几个弯，走到一个狭巷尽头的小门前，门口堆的垃圾有坟墓那样高，要是夏天走近这地方，一定有大群苍蝇飞来欢迎。走进门是个肮脏的厨房，一个抱了孩子的女人引她们进去。里面有两间房，光线十分幽暗，墙上石灰都剥落了，屋顶积满了灰尘，像缨珞一样垂下来。这是楼下的两间房，高墙围着，只露出豆腐干似的一块天，她端详着，心想若是住进来，书桌该放在什么地方才可以得到些光线？房主站在她身边窥伺她对房子的意见。她一回头看见那灰黄的脸色，怀里抱着灰黄脸色的孩儿，她猛然怕起来。这个活地狱，不但要攫夺人的健康，还要攫夺人的生命。她谢谢殷勤领道的女人，又走上大街，想到那位朋友说只要有一个狗洞的话，凄然地笑了，狗洞可真不容易钻呢！

这之后，她又看了几处房子，有的外表虽然还好，但一所房子总要住几家人家，家家门口都有一个炉子，满楼都是噼啪的柴火声音，烟气弥漫，把门窗墙壁熏得像湖南腊肉一样的颜色。就像这样的房子，每间都在千万元以上。

这就是大城市居民的生活。快乐的人能有几个？遍地荆棘中偶开几枝煊赫的鲜花，但这些鲜花不久也要被荆棘淹没了。无怪我把昔日倾听滩声的耳朵，现在是倾听着大城市的呻吟！

商人的狡狯

郑逸梅

走到通衢大道上，飘飘扬扬的都是大减价的旗帜，市面实在不景气，没有一家店铺不感受着生意清淡的痛苦，那么只得用大减价来号召顾客了。什么春季大减价咧，夏季大减价咧，秋季大减价咧。最可笑的，明明开张以来不过一二年头，居然悬挂着十周纪念大减价的广告旗儿。从前的商人，样样要讨个吉利，决不肯提着"关店"两字自触霉头，现在却风气开通，无所拘忌，且有故意用"关店大拍卖"来做广告，把铁门拉紧着，仅容一二人可以出入，越是如此，买客越是要挤进去购买，以为千载难得的便宜机会是不容错过的。因此一来，这家店铺不消十天，便把平日所卖不掉的搁货一起出清，于是重行开张。算是内部改组，又得大擂大吹地削码减价，再做半个月或三星期的好生意。那是多么狡猾啊！最滑稽的，特地在门前插了些篱笆，似乎要拆屋的样子，一阵的大拍卖大减价果然生意兴隆，财源茂盛。铺主口袋里既然麦克麦克了，便把笆篱除去，依然如故地营业着。上海人是做惯过路生意的，有谁去究根问底呢？更有登着广告说："某某货儿，今天特价的。"这特价的确很便宜，也许要亏本，因此限定时刻，每天只卖一个钟头，逾时不卖。可是到了限定的时刻，尚一再捱延，任你顾客拥挤，店伙却慢条斯理地和顾客周旋。所以，一个钟头卖不掉几件。而顾客们既入宝山，决不愿空手回去，多少买些旁的货物，所以也是利市 3 倍。其他如鞋子店，在橱窗中陈列着各种花色的鞋儿，纸笺标价 1 圆 8 角的，把 1 圆两字写得很大，8 角写得绝小，远远望去，好像只标价 1 圆，自然而然地能吸引主顾。两圆 4 角的，也是两圆写得大，4 角写得小，以混人目。又有兑换店洋价是用一块长牌标写的，虽有一致的行情，然总未免有些上下。譬如每圆兑铜圆三千一百四十文，他们往往把"百"字上书写得和"一"字并在一起，仿佛是三千二百四十文。凡此种种，多不胜述。限于篇幅，略举一二罢哩。

白种人，上帝的骄子！

朱自清

去年暑假到上海，在一路电车的头等里，见一个大西洋人带着一个小西洋人，相并地坐着。我不能确说他俩是英国人或美国人；我只猜他们是父与子。那小西洋人，那白种的孩子，不过十一二岁光景，看去是个可爱的小孩，引我久长的注意。他戴着平顶硬草帽，帽檐下端正地露着长圆的小脸。白中透红的面颊，眼睛上有着金黄的长睫毛，显出和平与秀美。我向来有种癖气：见了有趣的小孩，总想和他亲热，做好同伴；若不能亲热，便随时亲近亲近也好。在高等小学时，附设的初等里，有一个养着乌黑的西发的刘君，真是依人的小鸟一般；牵着他的手问他的话时，他只静静地微仰着头，小声儿回答——我不常看见他的笑容，他的脸老是那么幽静和真诚，皮下却烧着亲热的火把。我屡次让他到我家来，他总不肯；后来两年不见，他便死了。我不能忘记他！我牵过他的小手，又摸过他的圆下巴。但若遇着蓦生的小孩，我自然不能这么做，那可有些窘了；不过也不要紧，我可用我的

202

眼睛看他———一回，两回，十回，几十回！孩子大概不很注意人的眼睛，所以尽可自由地看，和看女人要遮遮掩掩的不同。我凝视过许多初会面的孩子，他们都不曾向我抗议；至多拉着同在的母亲的手，或倚着她的膝头，将眼看她两看罢了。所以我胆子很大。这回在电车里又发了老癖气，我两次三番地看那白种的孩子，小西洋人！

初时他不注意或者不理会我，让我自由地看他。但看了不几回，那父亲站起来了，儿子也站起来了，他们将到站了。这时意外的事来了。那小西洋人本坐在我的对面；走近我时，突然将脸尽力地伸过来了，两只蓝眼睛大大地睁着，那好看的睫毛已看不见了；两颊的红也已褪了不少了。和平、秀美的脸一变而为粗俗、凶恶的脸了！他的眼睛里有话："咄！黄种人，黄种的支那人，你——你看吧！你配看我！"他已失了天真的稚气，脸上满布着横秋的老气了！我因此宁愿称他为"小西洋人"。他伸着脸向我足有两秒钟；电车停了，这才胜利地掉过头，牵着那大西洋人的手走了。大西洋人比儿子似乎要高出一半，这时正注目窗外，不曾看见下面的事。儿子也不去告诉他，只独断独行地伸他的脸；伸了脸之后，便又若无其事地，始终不发一言——在沉默中得着胜利，凯旋而去。不用说，这在我自然是一种袭击，"出其不意，攻其不备"的袭击！

这突然的袭击使我张皇失措；我的心空虚了，四面的压迫很严重，使我呼吸不能自由。我曾在Ｎ城的一座桥上，遇见一个女人；我偶然地看她时，她却垂下了长长的黑睫毛，露出老练和鄙夷的神色。那时我也感到压迫和空虚，但比起这一次，就稀薄多了：我在那小西洋人两颗枪弹似的眼光之下，茫然地觉着有被吞食的危险，于是身子不知不觉地缩小——大有在奇境中的阿丽思的劲儿！我木木然目送那父与子下了电车，在马路上开步走；那小西洋人竟未一回头，断然地去了。我这时有了迫切的国家之感！我做着黄种的中国人，而现在还是白种人的世界，他们的骄傲与践踏当然会来的；我所以张皇失措而觉着恐怖者，因为那骄傲我的，践踏我的，不是别人，只是一个十来岁的"白种的"孩子，竟是一个十来岁的白种的"孩子"！我们向来总觉得孩子应该是世界的，不应该是一种，一国，一乡，一家的。我因此不能容忍中国的孩子叫西洋人为"洋鬼子"。但这个十来岁的白种的孩子，竟已被揿入人种与国家的两种定型里了。他已懂得凭着人种的优势和国家的强力，伸着脸袭击我了。这一次袭击实是许多次袭击的小影，他的脸上便缩印着一部中国的外交史。他之来上海，或无多日，或已长久，耳濡目染，他的父亲、亲长、先生、父执，乃至同国、同种，都以骄傲践踏对付中国人；而他的读物也推波助澜，将中国编排得一无是处，以长他自己的威风。所以他向我伸脸，绝非偶然而已。

这是袭击，也是侮蔑，大大的侮蔑！我因了自尊，一面感到空虚，一面却又感到愤怒；于是有了迫切的国家之念。我要诅咒这小小的人！但我立刻恐怖起来了：这到底只是十来岁的孩子呢，却已被传统所埋葬；我们所日夜想望着的"赤子之心"，世界之世界（非某种人的世界，更非某国人的世界！），眼见得在正来的一代，还是毫无信息的！这是你的损失，我的损失，他的损失，世界的损失；虽然是怎样渺小的一个孩子！但这孩子却也有可敬的地方：他的从容，他的沉默，他的独断独行，他的一去不回头，都是力的表现，都是强者适者的表现。决不婆婆妈妈的，决不黏黏搭搭的，一针见血，一刀两断，这正是白种人之所以为白种人。

我真是一个矛盾的人。无论如何，我们最要紧的还是看看自己，看看自己的孩子！谁也是上帝之骄子；这和昔日的王侯将相一样，是没有种的！

申城印象

第五辑

上海的少女

鲁 迅

在上海生活，穿时髦衣服的比土气的便宜。如果一身旧衣服，公共电车的车掌会不照你的话停车，公园看守会格外认真地检查入门券，大宅子或大客寓的门丁会不许你走正门。所以，有些人宁可居斗室，喂臭虫，一条洋服裤子却每晚必须压在枕头下，使两面裤腿上的折痕天天有棱角。

然而更便宜的是时髦的女人。这在商店里最看得出：挑选不完，决断不下，店员也还是很能忍耐的。不过时间太长，就须有一种必要的条件，是带着一点风骚，能受几句调笑。否则，也会终于引出普通的白眼来。

惯在上海生活了的女性，早已分明地自觉着这种自己所具的光荣，同时也明白着这种光荣中所含的危险。所以凡有时髦女子所表现的神气，是在招摇，也在固守，在罗致，也在抵御，像一切异性的亲人，也像一切异性的敌人，她在喜欢，也正在恼怒。这神气也传染了未成年的少女，我们有时会看见她们在店铺里购买东西，侧着头，佯嗔薄怒，如临大敌。自然，店员们是能像对于成年的女性一样，加以调笑的，而她也早明白着这调笑的意义。总之：她们大抵早熟了。

然而我们在日报上，确也常常看见诱拐女孩，甚而至于凌辱少女的新闻。

不但是《西游记》里的魔王，吃人的时候必须童男和童女而已，在人类中的富户豪家，也一向以童女为侍奉，纵欲，鸣高，寻仙，采补的材料，恰如食品的餍足了普通的肥甘，就像乳猪芽茶一样。现在这现象并且已经见于商人和工人里面了，但这乃是人们的生活不能顺遂的结果，应该以饥民的掘食草根树皮为比例，和富户豪家的纵恣的变态是不可同日而语的。

但是，要而言之，中国是连少女也进了险境了。

这险境，更使她们早熟起来，精神已是成人，肢体却还是孩子。俄国的作家梭罗古勃曾经写过这一种类型的少女，说是还是小孩子，而眼睛却已经长大了。然而我们中国的作家是另有一种称赞的写法的：所谓"娇小玲珑"者就是。

上海的鸟瞰

梁得所

一 如此上海

申江的潮流，四时不停地滔荡于黄浦滩边，大小轮船像马路上行人一般来往不绝，汽笛的声音，也就一高一低、忽远忽近地相呼应，加上江边海关布告时刻的钟鸣，一切复杂的声浪，把空气撼动了！

我们对于上海的感触，印象最深的应是黄浦滩。因为我们旅客无论来自太平洋、大西洋、长江、珠江或渤海，大多数由黄浦滩的码头，踏上上海的土地。尤其不能忘记的，将到而未到时，渐近渐清楚地望见江滨的大建筑，相连峙立，仿佛并肩比高。这些洋房的面前，蜿蜒着一条宽敞的堤岸，车马驰逐其间。——一瞥之下，我们就确信上海是东方第一大的都会，而且在世界重要商埠当中，不出六名外。

都会，是现代人力创造的一种成绩品，在东方精神主义者心目中，对于物质文明，也许表示不满，这未尝没有理由。就拿上海的黄浦滩来讲，堤岸虽也有几丛树木，可是舟车喧闹，把鸟儿吓得不敢栖止，天然的地土，被人工修改，完全失了本来面目。只见货物上落，人事倥偬……人是感情的动物，在这个物质的环境中，感情仿佛有隐灭之忧。

其实不然，黄浦滩是一个很有诗意的地方：

> 车到黄浦滩的时候，东方的天上，已渐渐起了金黄色的曙光，无情的太阳不顾离人的眼泪，又要登上她的征程了。

上面一段，就是郭沫若在《歧路》文中，写他送妻子回日本去的光景。别离，别离，黄浦滩是多少离人临别依依的地方！无数离人的眼泪，滴落江中往海流。多少年老的慈母，送儿子到外洋去，今生不知有无再见期；多少青春情侣，此番断肠之后，不知千里之外，伊人是否境变情迁；多少朋友，握手告别，虽不至于呜咽，总觉一阵怅惘涌上心头，不由得轻叹聚散如浮萍！

同时，黄浦滩又是一个欢遇的地方。登岸的旅客，和江岸相接迎的人，虽在烈日之下，或在阴雨中，他们都一辈子的欢容满面。

黄浦滩的景象，足以代表上海，使我们知道她是一个现代化物质文明的都会，同时是情调深长的地方。

二　世界知名的路

上海重要马路的定名，有一个通例，但凡南北横线取省名，东西纵线取城名。由黄浦滩朝西直上，最大的一条路，就根据现在的首都而名为南京路。

上海之有南京路，好比中国之有上海一样明显。这条路名处处有人知道，一则"南京"两字很易记（日本土话竟称中国人做"南京样"），二则自从五卅惨案之后，南京路在历史地图上划上一条红线，三则——根本上说——南京路是商业繁华的中心点，正如苏梅女士作的《南京路进行曲》当中几句话：

> 飞楼百丈凌霄汉，车水马如龙，南京路繁盛谁同！
>
> 天街十丈平如砥，岂有软红飞。
>
> 美人如花不可数，衣香鬓影春风微。

这条路的商店，店面装饰很讲究，宽大的玻璃橱窗中，五光十色，什么都有。上海的旅客，不妨在灯火灿耀的夜间，浏览两旁橱窗，足以增加美术兴味和货物见识，获益一定不浅。

中外通商事业，使上海成为世界有数的都市。无论哪一国，与异邦最多接触的地方，必最发达，所可惜者，中国商埠之开辟，由不平等条约产生；尤其可惜的，我们经济落后，对外营业的权利，进出对比起来，总是吃亏的。通商愈发达，我们经济上损失愈大，与欧美日本成反比例。长此以后，倘若工业不极力发展，整个的国家就一天比一天贫穷，一年比一年困乏！这就是民生前途的隐忧。

三 汽车和家庭区域

南京路之西南，由英租界的静安寺路通善钟路而入法租界，这一带，是大部分外侨和华人富户的居留地。马路因行人稀少，愈觉宽敞，空气也就清爽得多，尤其是深秋的黄昏，落叶逐西风，着地有声；斜阳微弱的余晖，把路旁两列树木的影子投在地面。此处离南京路不远，而景象竟然两样。

这一带行人虽少，可是每日上工和放工的几个时刻，千百汽车连串往来，因为西南一区，既多商家住宅，来回于家庭和办事处之间，汽车之多，是必然的事。

胡适博士说过，看汽车的多少，可知文明程度之高下，这话很有相当道理。虽然在只有大贫小贫的中国，汽车似属贵族奢侈品，可是根本说，坐人力车比坐汽车奢侈得多！因为世上最宝贵的是人的精力和时间，那么，坐人力车既费时间，又耗人力，而汽车只需拨动机器，烧多少油，事半功倍，岂不是经济得多吗？

记得从前编北伐画史，收到一幅国民军在郑州欢迎冯玉祥的照片，摄影记者来信述说，当时冯玉祥不肯上汽车，终于由张发奎等把他抬上去。后来冯氏到了南京，据说，他见中央政府有 14 辆公用汽车，便对谭主席表示觉得太奢侈。谭主席不忍驳他一片俭朴心，只劝他到上海逛逛，意思他若见过上海的情形（尤其是在下午一两点钟到静安寺路看看），就不会觉得中央政府汽车太多了。冯玉祥之不肯坐汽车，与士卒平等的精神，是好的；至于说到中央政府 14 辆汽车也太多，那堂堂中国未免太可怜了！照这样推论，现在与俄罗斯打仗，也不要用机关枪吧。因为机关枪每杆千多元，很奢侈，要说俭朴，何不购用从前每杆 10 元的老式火药铳？工欲善其事，必先利其器，据现在的统计，美国机器发达，一个人的生产能力抵挡我国 300 人；我们人口，虽比他们多三四倍，而生产力只等于他们几百分之一，因此我们天天落后，因此西北人民要吃树皮草根。就算中国人所有汽车都卖了，拿那笔钱去赈济西北饥民，可是那笔款转眼销尽，结果仍要吃树皮草根。平等的目标应该把低者提高，使人人都得享受。我们对于有汽车的人，不希望他卖车济贫，只希望他们特别努力谋生产，渐渐影响所及，将会使汽车变成鞋袜椅子一般平常；人人有饭吃，更不在话下了。

旅行杂志编者叫我讲上海地方，上面一段不觉撑横了，实因不能已于言，离题之处，请阅者见谅。

且说上海西南一带是住宅区，与商业区分离，原有一种好处，那便是家庭生活和职业生活划分清楚。旧式中国的衙门和商店，往往与住宅合在一起，弄到办公的时候，可以听闻妻妾儿女的喧声；放工的时候，自然不乐于等在家里。结果家庭快乐和办事效率两相牵累，实在是最不上算的事情。关于这一点，组织新家庭的应特别注意。虽则静安寺路和法租界华丽的洋房，不是人人所能设备，但大小不拘，总要造成一个有家庭意味的家庭。那么白天尽管疲劳，一回到家里就身心安适。正如流行曲 *My Blue Heaven* 的几句所谓：

> 室内围炉谈笑，
> 屋虽小，
> 十分舒畅。
> 好比花园不在大，
> 有花自然香。

四　乌龟池畔

法租界之东南，是上海城的故址。这个区域，大概以城隍庙为中心。在五国势力共管的上海中，南市是纯粹中国所有地。市政警政都由上海特别市政府办理。而且居民习尚，颇能保存本色古风，所以外国游客到上海必到那里观光，尤其必到城隍庙，看许多善男信女烧香问卜，或上庙旁的茶馆参加啜茗。——余生也晚，反正以前还是四五岁的小孩，对于前清的景象不大了了，可是看城隍庙现在情形，使我幻想，此间二三十年来，无大变迁，除了男子头上没有辫之外，其他景象，也许依然如故。

城隍庙里有一度九曲桥，桥下一个泥池，里面养着千百乌龟，据说它们居留的年代，和池畔许多家族居留年代一般，非常长远。这话说来不大好听，似乎有点侮辱嫌疑，可是不客气地说一句，看城隍庙左近没有新气象，就知道大部分居民守旧，但凡守旧而进步迟慢的人，就像乌龟！虽然住在那里的不是人人如此，并且据我所知其中还有几个很有新思想的学者，但鸟瞰而看，这一区的状态比上海其他区域，至少落后 20 年。南京路许多店面燃着新发明的 Neon Light，城隍庙仍旧挂起红灯笼；新书新报在中区北区畅售，而城隍庙左近一列书摊，都是卖旧书——卖那只可当作古董珍藏而与切实人生无大关系的旧书。

再放宽点眼光，所谓中国古风，和世界趋势比起来，有如龟兔竞走（非古典的）。我们蠕行，别人飞跃；飞跃者愈跑愈快，蠕行者反有睡意。别处飞机也嫌慢，九曲桥上的先生，却还拱手弯肩而闲步，当国际科学大会演讲讨论，劳动政治会议场中正在雄辩的时候，城隍庙旁茶馆上的大国民，泡了一壶菊花龙井，嗑着瓜子，一唱三叹地说道："浮生若梦，世事如烟，吾辈游戏人间耳！"

五 "生之欣悦"之街

苏州河之北，以邮政总局为起点，直通到虹口公园，这条大路名为北四川路，也就是我现在所称为"生之欣悦"之街。

若问上海哪条路最繁盛，当然首推南京路。然而北四川路仿佛"楼不在高，有人则灵"。单以都市生活为观点，北四川路在上海应该首屈一指。这条路一带，影戏院不下 10 间，跳舞场 10 余所，食物馆——尤其是广东食物馆——大小不计其数。

这条路丰富而不单调，不但什么商店都有，就是礼拜堂也有五六处，数目为其他各路之冠。还有一个特点，几间有名的中小学校开在此地，每天许多男女学生往来，把这条路点缀得分外生色，足以消除市井气。

这条路是开心的。试举小例，即如有一间卖凉茶的店子，出一张布告说："百物腾贵，犹火之向上也；铜圆跌落，如水之就下矣！凉茶加价，乃水涨而船高焉；诸君赐顾，岂因此而怪意哉！"又如一个下午，偶然看见石像店前一堆人围拢，原来那摆满裸体石像的玻璃窗贴了一张咸诗布告："矾石制成死美人，过路诸君莫当真；若将裸体思淫欲，贻害终身千万人！有心人谨白。"

诸如此类，总之这条路不是板着面孔的。

入夜后，经过跳舞场外，也许能够听闻里面的乐声，奏着最近流行的 *Broadway Melody*——

大路行人勿皱眉头，来到此地无忧愁。

长叹短叹太不时髦，这条路一向笑容好。

百万盏灯火闪闪照，百万颗心儿勃勃跳。

上海的夜生活，北四川路占重要位置。本来醇酒妇人，狂歌达旦的生活，是个人主义的享乐，未免过于自私，但总好过到四马路青莲阁等处去泄欲，并不是道德高下问题，实因狂歌醉舞的人有"生命力"，一旦施于正当用途，就大有作为的。

我在上海居留，不觉 4 年了，办事和寄寓的地方都在北四川路，对于都市生活，自然有相当了解。然而邦国多难之秋，生平恩仇未报，酣醉尚非其时，欢歌留有以待！孤灯之下，草完此文，想起此刻北四川路的夜生活中，许多青年正在表现他们无从发泄的生命力。我相信，本着生之欣悦的精神，我们都可以做时代的前进者。

忆上海

靳 以

　　我对着这个跳动的菜油灯芯已经呆住了许久。我想对于我曾经先后住过八年的上海引起一些具体的思念和忆恋来；可是我失败了。时间轻轻地流过去，笔尖的墨干了又濡，濡了又干，眼前的一张纸仍然保持它的洁白，不曾留下一丝痕迹。我写，勉强地把笔尖划着纸面；可是要我写些什么呢？

　　首先，我就清晰地知道，上海距我所住的地方有几千里的路程，从前只要四天或是五天的时候，就可以顺流而下的，如今我若是起了一个念头，那么我就要应用各种不同的交通工具，花费周游世界的时日，才能达到我的目的。但是这样艰苦的旅程完成之后，对我将一无乐趣，仿佛投火的飞蛾一般，忍受烈焰的焚烧。否则我只得像一个失去了感觉的动物一样，蛰伏着，几乎和死去一般。但是一切是我所企求的么？每个人都可以代我回答出来的。

　　然而要我在这个小市镇里，一切物质文明和精神文明，都要先从我们生活的这个年代溯回一百年或是二百年，去遥念那个和世界上任何大都市全不显得逊色的上海，我们有往日的记忆都无凭依了。我先让你们知道我们穿的是土布衫，行路是用自己的两条腿或是把自己一身的分量都加在两个人肩上的"滑杆"，我们看不见火车，连汽车也不大看见（这时常使我想到有一天我们再回到那个繁华的大城里，是不是也同一切乡下人一样望到汽车就显得不知所措），没有平坦的路，却有无数的老鼠横行（这些老鼠都能咬婴孩的鼻子），没有百货店，只有逢三六九的场，卖的也无非是鸡、鸭、老布、陶器、炒米、麦芽糖……

我们过的是简单而朴实的日子，我的心是较自由，较快乐的，可是我总有一份不安的情绪。仿佛我时时都在准备着，一直到那一天，我就可以提了行囊上路。许多人都是如此，许多人也是这样坚信着。从前我们信赖别人，我们不能加以决定的论断，现在我们用自己的力量，所以我们才可以这样说。我都不敢多想，因为怕那过于兴奋的情感使我终夜不眠。

什么使我这样恋着上海呢？那个嘈杂的城不是在我只住了两三天就引起我的厌烦而加以诅咒么？初去的时节好像连誓也发过了，说是那样的城市再也不能住下去，那些吃大雪茄红涨着脸的买办们，那些凶恶相的流氓地痞们，那些专欺侮乡下人的邮局银行职员老爷们……可是渐渐地我也习惯了，因为知道都是为了钱的缘故，所以人们才那样不和善，假使在自己的一面把钱看得淡了，自然就有许多笑脸从傍偎过来，于是生活就显得并不那样可厌了。几年的日子就在这样的试验中度过，一切可鄙的丑恶的隐去它们的棱角，在这个"建基于金钱和罪恶的大城市"中，我终于也遇到些可爱的人：他们自然不是吸吮他人血肉的家伙们，他们更不是依附在外人势力下的寄生虫，他们也不是油头粉面蓄养波浪式头发的醉生梦死的青年……

除开人，那个地方后来也居然能使我安心地住下来了。在嘈杂中我也能沉静下来，有时我挤在熙攘的人群中，张大眼睛去观看；到我感到厌烦的时节，我就能一个人躲回我自己的小房子里。市声尽管还喧闹地从窗口流进来，街车的经过虽然还使我的危楼微微震颤着；可是我可以不受一点惊扰，因为我个人已经和这个大城的脉搏相调谐了。

但是它也和我们整个的民族有同一的命运，在三十个月以前遭受无端的危难。虽然如今它包容了更多的居民，显露着畸形的繁荣；火曾在它的四围烧着，飞机曾在上空盘旋，子弹像雨似的落下来，从四方向着四方，掠过这个城的天空，飞滚着火红的炮弹。人并不恐惧，有的还私自祝祷着；好了，一齐毁灭吧，我们不把一根草留给我们的敌人。

它却不曾毁灭，而今它还屹然地巍立着，它是群丑跳梁的场所；可是也有正义的手在开拓光明的路，也有高亢的呼声，引导着百万的大众，为了这一切它才更有力地引着我的眼睛和我的心，从不可见的远处望回去，从没有着落的思念中向着它的那一面。

我想念些什么呢？使我萦萦不忘的难道是那些仍然得意地过着成功的日子的一些人么？或是那一座高楼，应该造得成形了，使那个城有了更高的建筑，也许又造了一所更高更大的划破了那被奸污的天空？也许我只是从看利禄的一面，计算着有多少新贵或是由于特殊环境成为百万富翁的人？

这一切的事，有的是我想得到的，有的我不能想到；但是我总可以确定地说上海是在变，向好的方面或是向坏的方面。真是坚定地保持那不变的原质的该是大多数人那一颗火热的心，那只是一颗心，一颗伟大的心。

上海杂拾

曹聚仁

金家巷

海外人士，熟于上海掌故的颇有其人；但能说出金家巷的所在的，不一定很多。金家巷并不是冷僻所在，一头接上静安寺路，一头接上新闸路，也可说是很热闹的转角。巷口竖着一方刻着中英文的界石碑，那是 1893 年（清光绪十九年）所订的租界线。英国人似乎对这一条成文的界线觉得非遵守不可，于是，沿着界碑两边，越界筑路的已经越得十分阔远，可是，这短短的金家巷，大约有百来丈长，倒还是华界。住在这小巷中，照样有电灯、自来水的供应，只是不必对工部局纳捐，租界巡捕也不能到巷中来行使职权，成为三不管地区。（它已包围在越界的路线上，上海市政府也不能到巷中来行使职权。）我每回回家，对着界碑总是微笑地看一下。

我也说不上上海通，这样三不管地区究竟有几处，我也说不周全，最著名的便是苏州河北的天后宫；那儿，除这所著名的"妈阁"而外，还有规模相当大的总商会。在宫外的河南路、苏州河路，都是当时的公共租界。上了阶石，进入天后宫范围，便是华界，不属于工部局的管辖。我们所召集的爱国运动，历史上有名的五四罢工、五卅惨案，以及救国会的抗日运动，都是在这儿集会，作为号召全市的司令台的。这，也就成为上海的海德公园，有着集会、演讲的充分自由的。只是金家巷虽有这样的自由，大家不曾加以利用就是了。

"余生也晚"，住到金家巷时，已经不及晤见那位株守金家巷不踏租界一步的金家老头子了。清末那位顽固守旧的相国徐桐，他的家恰好也在北京东交民巷，和法国使馆对门，他是最讨厌洋人的，却天天非看见洋人不可。他发挥了他的"阿Q"精神，在大门上贴着一副对联："望洋兴叹""与鬼为邻"。这一副对联，大为金老头子所赞赏，有一年贴春联，也写着这八个字。金老，谈者忘其姓氏，其家园亦已败落；我所见的，乃是一家影戏公司在那儿拍片，"西风"太劲，关不住大门了。

友人胡君，他是上海通；他说：这副八字排洋的对联，也曾贴在《申报》的楼上。从《申报》顶楼，可以远望海外，而隔邻正是外国坟山。这样一贴，又增多了一种幽默意味了。

霞飞路上

在上海，说到法租界的霞飞路（现淮海路），正如说到公共租界的南京路，虹口的北四川路，每个人都有深刻的印象的。我说过我对法国人的印象并不怎么坏，可是，法国的殖民政策以及

"放逐"到殖民地上的法国官吏，实在不敢恭维。因此，那些法国的领事、神父、主教，一定要在上海"遗臭"万年；到而今，连"遗臭"的机会都没有了，唯一留着的就是马浪路，而今改为"马当"路。（马当在江西九江以东，那是江上要隘，一般人也不大明白的。因为"马当"与"马浪"音相近，所以谐音改名，并非纪念马当封锁的战役的。）霞飞、福煦和贝当，都是第一次世界大战时期法国的军事将领，可是，在第二次世界大战中，贝当已经成为法国的国贼了。

我们住在法租界时期，霞飞路乃是我们日常必经之路，但它所以使人怀念，和这位英雄毫不相干的。我们印象中，总觉得这一条路上的气氛乃是以"白俄"为基调，搀上了吉卜赛人的流浪情趣，用法国梧桐掩映着的，如阿雪所说的。我们是在这一条大马路上，随时可以看见这些全装披挂的哥萨克将校，威武地立在路旁。他的胸前满缀着宝星与勋章，闪闪地在放着奇光。（这些勋章的来源，有些说不得的。小当铺，和日本人开的铺子中，都有得出卖的。）依他们所诉说："大的炮，小的枪，尖的矛，亮的刀，各色旗子，野兽似的人，撕人灵魂的声音，在血与血的交流，人与人的相拼中，他们完成了他们的使命，而由尼古拉二世亲手替他缀上这个勋章的。"这样的白俄，在上海，少说也有几千人。"白俄"在我们面前有两种很深切的印象。（一）他们似乎把西洋人的西洋镜拆穿了。（二）西洋人吃的虽说是"大菜"，实在没有什么好吃，这些高鼻子长胡子的俄罗斯人，终究带了"罗宋汤"和"沙拉"来让我们尝尝西方人的好菜。（厨子呢，当然是山东人。）

白俄少女——她们具有鹰的眼睛，狗的鼻头，狐狸的心机，虎豹的爪，看准了对象就一把抓住，非啃到皮尽骨碎不肯放手。

红的胭脂，白的香粉，细细的眉毛，娇小的嘴唇，五颜六色的衣服，浅笑低窥的应酬，再加上做生意的一切本领。她们与一切绅士在赌着，下的注，一方是名誉和金钱，另一方则是肉体。有些说是二十来岁的少女，其实已经快四十岁了；也有的真是二十上下的少女，但她会倒在你的怀里，说她曾在莫斯科歌舞团中献过艺的。这笔账是无从算起的。

不过，在霞飞路逛街看野眼（"逛街"只是溜达，并非"拍拖"；"看野眼"，就是这么闲看，无目的地看了一家又是一家，不一定买点什么；仿佛街上各店家橱窗里东西都是我们自己的），踏尽黄昏，自有一种情趣；物我两忘，也不问是巴黎，是圣彼得堡，或是哈尔滨，就是这么荡着荡着。法租界和英租界之别，也仿佛澳门与香港之别，霞飞路上闲逛，多少还让我们透得过气来的。

我写了上一节，已经深夜了。睡在床上，翻翻旧文献，霞飞路原名宝昌路。不意这位宝昌（Paul Brunat）先生，也是法国人，还做过六次总董呢。这位法国英雄霞飞，年轻时也曾到过上海，第一次世界大战结束了，曾到上海来过一次。合当补注一下。

"文艺复兴"

在旧上海的金神父路（现瑞金路）和亚尔培路（现陕西南路）的中间，又正在霞飞路的南首，有一家著名的咖啡馆，馆名"Renaissance"（文艺复兴）。在这条最富巴黎情调的街上，这儿更是带上了神秘情趣。"文艺复兴"的意义，我是明白的。我的朋友群中，爱在那儿"泡"上一半天的很多。我呢，一向对于洋字辈东西都不感兴趣，有时也奉命陪君子，在那儿附庸风雅。只是那儿出售一种似酒而非酒的麦水，乃是没成熟的啤酒，没啤酒那样的苦味，确实有点酒性，倒成为我爱喝的东西。

久而久之，才知道这位老板所说的"文艺复兴"和我们所理解的完全是两件事。我们是复归于希腊时代的自然情趣。这位老板是白俄，他要复返于沙皇的专制王朝；他们决不称"列宁格勒"，一定说是"彼得格勒"；正如香港的一些人，决不叫"北京"，而要叫"北平"的旧称。仔细看去，霞飞路以及这家"文艺复兴馆"，并不是什么巴黎情调，而是白俄情调，加上一点吉卜赛的流浪色彩，一种世纪末情调。那位托名的"爱狄密勒"，在《上海——冒险家的乐园》中有一大段文字，是记叙这一家神秘的咖啡馆的。我得把"托名"一语注解一下：这本书，原是洋人所供给的材料，商务印书馆叫阿雪整理的，稿子弄好了，却不敢出版；乃托名于"爱狄密勒"这么一位"无是公"，而由阿雪译刊，由生活书店出版。而今已有新刊本，大致和旧本相同。因此，前些日子，有人特地征求旧本《上海——冒险家的乐园》，我也并不想把手边的书借给他的。他如知道"阿雪"译，只是托名而已，那就不必找旧本了。

阿雪说："文艺复兴"中的人才真够多，随便哪一个晚上，你只需稍微选拔几个，就可以将俄罗斯帝国的陆军参谋部改组过。这里有的是公爵、亲王、大将、上校。同时，你要在这里组织一个莫斯科歌舞团也是一件极便当的事，唱高音的，唱低音的，奏弦乐的，吹管乐的，只要你叫得出名字，这里决不会没有。而且你就算选过了一批之后，候补的人才还多得很呢，那些秃头赤脚的贵族把他们的心神浸沉在过去的回忆中，以消磨这可怕的现在。

圣彼得堡的大邸高车，华服盛饰，迅如雷电的革命，血与铁的争斗，与死为邻的逃难，一切归为乌有的结局，流浪的生涯，展现在每一个人的心眼前，而引起他们的无限的悲哀。他们歌颂过去，赞美过去，憧憬过去，同时也靠着"过去"以赢取他们的面包、青鱼与烧酒。

　　有一天，我在诺士佛台（香港）的一家公寓门口，看到"托尔斯泰"或是"拉斯普丁"样儿，一大把胡子的人物在那儿晒太阳，恍然又是霞飞路上的旧情呢！

一瞥中的上海

石评梅

六月十号的早晨，我们坐了船到"三潭印月"照一个全体像，作为此次旅行团的纪念，借此又和西湖把晤了一小时。返旅馆后收拾东西，用午餐已十一时；餐后乘车到车站。武高的同学，恰巧也是同天到上海，我们遂挂了一辆车。在车里很愉快地谈天，惠和给我口述《红泪影》的始末，永叔听着津津有味，遂同金环借了去看。当时车里静寂了许久。我闲着无聊得很，遂蜷伏在车上睡去，想想西湖的影片，验验我的脑海里印了许多？这样很模糊地睡去，到了下午四时，芎藙才喊我起来，同到车外的扶栏上看风景。这样遂把时间慢慢地挨延过去。下午七时到上海，寄宿在女青年会；已有家事工组的同学王郑两君接我们去。女青年会很方便，并且招待得也好，有一个小姑娘服侍我们；我们的生活也就稍微因地方变更了一点。

上海的天气热极，十一号的上午，商务印书馆的招待黄警顽先生已来领导我们去参观上海的学校。我们因为上海的体育学校比较多，所以我们参观的学校，居多是体育学校。第一个就是中国女子体育学校，距离昆山路很远，在西门林荫路精武体育会内；是个私立学校，在光绪三十四年秋季开办，统计先后共毕业十三次。凡高小毕业就可投考，是个中等程度的性质。所授科目分学、术两部分，就是理论和技术两部分；并余外注重音学，修业年限是二年毕业，经费一学期两千多（自费收入），支出约三千；教员共十三位，女教员五位，舞蹈三人，体操两人。现学生共四十名，分两班教授；我们去参观的时候正上英文，课堂在楼上，拿布屏分作两间；现在校舍正在建筑，此系暂时借住，故一切甚杂乱无章。操场、网球场都是同精武会共用，有拿竹子做下的盾阵，中心为小亭；这也是中国国技的一门。

参观完中国女子体操学校以后，我们就到体育师范参观去；因考试温课，故不能参观上课。这是个比较有名的学校，我们耳鼓里常听见人说，所以我们特别注意。设备的器械，同女高同；尚有窗梯水平杠等没有；体育房比较女高宽而短，木板刊地较为合适。有两班学生四十余人，课程亦分理论和技术，性质是中等程度，毕业期限从前是二年，现亦改为三年。外国学校，比较特别清洁，而校舍四围的风景特别美丽。校园中网球场，碧草平铺，如绒毡然。树木阴森，风景甚佳，有小水池，金鱼数头，游泳其中。

沪江女子体育专门学校，在上海西门唐家湾小菜场南首，地址甚小，大概可以够住；性质系高等专门，以中学毕业者为合格，期限是二年毕业，一年分两学期；现分一年级二年级，每级共四十名，每年春秋二季，各招生一次。科目亦分理论同技术。开办尚未及半年，今年正月才开课，现仅有学生二十四人，经费每月两千元。章程上的预定，皆按学期实行；教员选择亦甚严格，均富有学识及经验者。据主事孙和宾云，办体育学校在上海很困难，同行的阻力和妒忌很厉害，所以他日日都是在奋斗之中勉力！学生上课无论技术、理论都一律着操衣，雄赳赳地很有点气概。参观国文上古诗，壁上遍挂矫正姿势的基本体操图。参观器械室，仅几种简单的轻器械，饭厅同栉沐室在一块，尚属清洁。操场在学校对面，拿竹席把上面左右四围都遮起来，非常清凉，系租借民地用的。孙和宾先生令他们的学生，表演二十分钟的舞蹈给我们看：二年级是"雁舞""黄莺舞"；一年级表演"蝴蝶舞"同"形意舞"，成绩很好。苟此校能抱着他那最完善的宗旨继续下去，即体育人才将来产出，必较他处为佳。

中华武术会附设体育师范同公共运动场，此外尚有妇孺运动会，无可述者。遂至务本女学参观，学生共五百余，中学四班，高小四班，小学四班；职教员，中学十七人，女十二人，小学九人，女教员十五人。经费，中学七七三〇，小学五六三七。地址很大，系女校长。参观体育教授，教员姿态太软，宜于教舞蹈，不宜教体操；教师姿势太快，不能正确，故学生之姿势大半无一个正确的，下肢运动太多，胸腹两部分无运动，故学生多为狭胸弓背，腹部挺出。中学学生，看去像高等小学的学生，成绩既佳，且甚活泼；画画尤以桐乡严蔚然女士为最佳！校园亦很别致巧小；在此用午餐后，遂到第二师范去参观。

第二师范学校，我们先到的是卫生模型展览会，中有花柳病的全体模型，脑充血之各种模型，设备很完全。学生共三百二十，中有女生十人。学级编制一部五班，中有预科一班，二部一班。常年经费连小学四万余。课堂同实验室相连。本二上国语，系北高毕业生教授，端坐在椅上，拿北京话谈故事，听起来和他的神气很像游艺园说大鼓书的。体育馆刚竣工，尚未布置好，共分楼上下两层。学生精神活泼，对于体育甚有兴味研究，所以能产出王庚君之富于研究体、音者，而在体育界将来必大有贡献！其所著小学体育教授法规现正在付印中。

美术专门学校。为武进刘海粟先生创办，民国元年起至今已二十年，校址共分三院：第一院西门白云观，二院西门林荫路口，三院上海林荫路底。分西洋画科、高等师范科、中国画科、雕塑科、工艺图案科。西洋画科修业期四年，初级师范为二年，其余都是三年。学生二百八十六人，十年度经费为五万二千元。学生课外研究有各种集会，如书学研究会、乐学研究会、工艺美术研究会、文学研究会、画学研究会、舞蹈研究会、讲演会等。我们参观裸体写生，是从外边雇的女子，每月二十元的酬金。补习教育有函授学校，系美术附设。

在上海除参观学校外，蒙黄警顽先生领导参观商务印书馆，他的组织是股份有限公司，现已二十余年，资本金五百万元。分印刷所、编辑所、发行所三大机关，每所又设有所长、总理一切事务。我们到印刷所，在招待室略稍息用茶后，遂参观各处，规模很大，占地七十余亩，布置极为完备，有印刷工场四，铁工厂、铸工场，各种制造工厂十余处，均系极大之厂屋。各种制造工场十余处，水塔一座，可常储二万加仑之清水。女工哺乳室专为女工有小儿哺乳之用，此外尚有花园同聚院，亦清洁而幽雅。自制机器陈列室，陈列机器各种，皆该所自制品。印刷所工友计男子二千五百余人，女子五百余人，此外零件杂工复不下千余人；尚另联有高等技师，及专门学者。并附设有尚公学校，及养真幼稚园，商业补习学校，毕业后可在本公司服务。因时间关系，仅参观大概而已。

上海地方繁华嚣乱，简直一片闹声的沙漠罢了！所以我除了参观了几个学校，和买一点东西外，我就在女青年会伏着看书。我半分的留恋都莫有，对于这闹声的沙漠。

我们上海人

王芸生

上海变了样子了，在敌人的飞机大炮下变了样子了，昏睡在这个大都会里的人们也该要变变样子了。

中国的财富集于东南，东南的财富集于上海。住在上海的有许多是有钱的人，更有许多许多是跟有钱人学样的小布尔乔亚。这群人平常过的都是舒适的或准舒适的生活，个人的志气及国家的观念都给舒适的洪流冲没了。终日所追逐的只是个人的享受，毫未曾想到国家的荣辱与安危。近数十年来中国的命运随时颠荡于逆风急浪之中，一般人都希冀在姑息苟安中讨生活，我们东南人，尤其上海人，更加姑息苟安。不要说宋明两代最后都亡于东南，就从近代外患的历史来看，也可以看出我们东南人的姑息苟安。甲午之战是中日两国的第一次战争，足食足兵的东南不动，只看北洋一隅与日本全国拼，焉得不败？庚子事变时国破民辱到那样，张之洞、刘坤一的乏文章——东南五省自保，居然为朝廷称赞，民众讴歌。这种姑息苟安的历史惰性恐怕现在还留存在许

233

多东南人尤其上海人的生活里。看！自从卢沟桥事件发生以来，我们国家在各方面的表现都有显著的进步，唯独上海金融市场所表现的情形令人悲愤到万分。公债跌到停拍不说，而外国银行每天有中国人买的巨数的外汇流出去。这种有钱人的行为，已超过没出息的程度，简直等于汉奸！开封一个 8 岁的女孩子，她会为了国家的急难，把自己的小金戒指并劝募到母亲的银镯银币献给国家。把这两种情形对照一下，上海的有钱人会不会打寒战，冒冷汗！我希望许多东南人，尤其我们上海人要认清，现在不比从前了。这一次战争是全面的战争，必然越打越大，一直打到敌人躺下我们还能立着的时候为止。个人的命运已与国家的安危交织在一起，国家安个人亦安，国家危个人亦危，丝毫没有侥幸。我们应该把个人运命与国家运命熔成一片，国存与存，国亡与亡！

谁不相信？铁一样的现实降落到你的身边。战事才刚刚开头，全上海 350 万人口至少已有一百多万人失了业。没有灵魂的职业全部停止，正当职业也大部不能活动。这是现实，中国人谁曾过过真的战争生活？现在却有铁一样的现实逼住你非过不可。小布尔乔亚们的悲哀的日子到了，从此我们要勒紧肚带过活，硬着头皮做人；看你还能歌台征曲舞场选伴不？大时代就要扫荡了小布尔乔亚的懒惰与奢靡！

我们上海人真应该变变样子了。大家请想想，我们平常过的是什么日子？有几个不是失魂落魄地鬼混！现在我们应该知道过去是在罪恶中过生活，我们的生活，有许多地方是给社会增多腐烂，给国家减少力量。上海的大市场假使是专门供给腐烂生活的，那我们就把它整个毁掉了又有什么顾惜？我们都是中国的好儿女，在国家的大危难中，我们应该改变以往的生活方式，去掉奢华，刻苦耐劳，有机会给国家尽些力，做些事。男子们应该划除头脑中的一切杂念，滤净肠胃中积存的油腻，少享受，多用力；女人们应该伸直了颈后的卷发，洗去了脸上的脂粉，脱掉了脚上的高跟鞋；大家返璞归真，各自硬绷地做一个大时代中的中国人！我们现在要过战时的生活，将来平时也要过战时的生活；有这样的意志和勇气，才可以经常地把个人的力量贡献给国家。看看前线流血的卫国战士，街头露宿的无家难民，我们现在即使饿饿肚子，还不应该吗？

看！天空铁鸟在飞；听！耳旁大炮在响；敌人强拖着我们走上大时代的战场。我们不要胆怯，也不要气馁，在国家社会的大变局中，正是我们重新做人的机会！

上海变了样子了，在敌人的飞机大炮下变了样子了，昏睡在这个大都会里的人们也该要变变样子了！

上海气

周作人

　　我终于是一个中庸主义的人：我很喜欢闲话，但是不喜欢上海气的闲话，因为那多是过了度的，也就是俗恶的了。上海滩本来是一片洋人的殖民地；那里的（姑且说）文化是买办流氓与妓女的文化，压根儿没有一点理性与风致。这个上海精神便成为一种上海气，流布到各处去，造出许多可厌的上海气的东西，文章也是其一。

　　上海气之可厌，在关于性的问题上最明了地可以看出。它的毛病不在猥亵而在其严正。我们可以相信性的关系实占据人生活动与思想的最大部分，讲些猥亵话，不但是可以容许，而且觉得也有意思，只要讲得好。这有几个条件：一有艺术的趣味，二有科学的了解，三有道德的节制。同是说一件性的事物，这人如有了根本的性知识，又会用了艺术的选择手段，把所要说的东西安排起来，那就是很有文学趣味，不，还可以说有道德价值的文字。否则只是令人生厌的下作话。上海文化以财色为中心，而一般社会上又充满着饱满颓废的空气，看不出什么饥渴似的热烈的追求。结果自然是一个满足了欲望的犬儒之玩世的态度。所以由上海气的人们看来，女人是娱乐的器具，而女根是丑恶不祥的东西，而性交又是男子的享乐的权利，而在女人则又成为污辱的供献。关于性的迷信及其所谓道德都是传统的，所以一切新的性知识道德以至新的女性无不是他们嘲笑之的，说到女学生更是什么都错，因为她们不肯力遵"古训"如某甲所说。上海气的精神是"崇信圣道，维持礼教"的，无论笔下口头说的是什么话。他们实在是反穿皮马褂的道学家，圣道会中人。

自新文学发生以来，有人提倡"幽默"，世间遂误解以为这也是上海气之流亚，其实是不然的。幽默在现代文章上只是一种分子，其他主要的成分还是在上边所说的三项条件。我想，这大概就从艺术的趣味与道德的节制出来的，因为幽默是不肯说得过度，也是 Sophrosune——我想就译为"中庸"的表现。上海气的闲话却无不说得过火，这是根本上不相像的了。

上海气是一种风气，或者是中国古已有之的，未必一定是有了上海滩以后方才发生的也未可知，因为这上海气的基调即是中国固有的"恶化"，但是这总以在上海为最浓重，与上海的空气也最调和，所以就这样地叫它，虽然未免少少对不起上海的朋友们。这也是复古精神之一，与老虎狮子等牌的思想是殊途同归的，在此刻反动时代，他们的发达正是应该的吧。

谈上海瘪三

吴子怀

瘪，干瘪也，无钱之谓。三，幺三也，下流之称。人到窘境，自入下流，故谓之瘪三。夫处生活不易之人，谋生不易之流，落魄无依之子，不得不行于街头，做瘪三以糊口。

考瘪三之多，莫过于上海，盖上海为中外荟萃之区，万恶之渊薮，而亦瘪三最易产生之地也。其制造瘪三之原料约有：一、纨绔子弟之游手好闲者；二、落魄青年之无处谋生者；三、身染嗜好之不能工作者；而三种瘪三之制造家，当数沪上洋房巨厦中之寓公也。此等寓公，或达官显宦之伟人；或解甲归田之俊杰；或因逐臭而致富；或因市侩而多金；各挟其所有，退隐沪上，权做寓公。夫腰缠垒垒，则饱暖思淫欲。于是声色之求，犬马之好，遂造成种种之瘪三也。

瘪三之出路亦有三：一、强而壮者为盗匪；二、奸而险者为土痞；三、懦而弱者为穿窬；其不能为者，亦能自活；盖夏则幕天席地，冬则借商店门前之阁檐下，或货箱内，为夜间栖身之所；

或亦有蹲入路旁之废弃水管中；亦有借庙宇而伴菩萨，睡供堂而代司阍者；于是瘪三之居住亦不成问题矣。上海之各小商铺，多不举火，咸请包饭作代劳，故业此者很多，每至午暮之时，瘪三见荷伙食具者，乞其余，不足，又顾之他，以饱其腹。而伙食又不成问题矣。渴至，则取茶肆中之残茶而饮之；瘾来，则拾地上之烟股而吸之；身秽，则俟浴池收拾时而浴身焉，渠往而到贺焉；人有愤争，渠去而排解焉，于是生则之道有焉。既无家室之累，又无事务之羁，况兵乱年荒，渠既无忧焉；而苛捐杂税，渠亦无所损焉。由是而言，我亦愿为瘪三矣。

上海物产丛谈

吴静山

一　顾绣

顾绣出露香园，明顾会海妾缪氏开其端。相传绣法从内院得来，擘丝细过于发，针刺纤细如毫，配色的精妙，尤其别具心裁。所绣山水人物花鸟，无不气韵生动，工致无匹，当时竟称为画绣，得到顾家绣品的人们，也莫不世袭珍藏，视如异宝。尝绣八骏图一幅，被董其昌所见，以为难赵子昂用笔，也未必能过，极赞为当代一绝。又有停针图一幅，穷态极妍，擘丝了无痕迹，甚至观者倾一邑，后为维扬巨商以汉玉连环及周昉美人图易去。

顾家婢妾众多，大多工于刺绣，以致会海的名望反为顾绣所掩，会海尝在醉后拍案说：“吾奈何一旦寄名汝辈十指间，作冷淡生活。”其愤慨可知。

毛祥龄《墨余录》载，露香园主人顾名世，有曾孙女一人嫁与廪生张来，年仅24便寡，有子方1岁。顾女守节抚孤，以传授

240

刺绣博生活，绣法的神妙尤较露香园出品为胜，于是顾绣之名，更噪一时。

上海刺绣既因顾绣出名，远近争购，由是家学户习，成为纺织以外的唯一女红。在清代中叶以后，店肆中出售的绣品，虽仍用顾绣的名称相号召，但是由男子绣的居多数。直到现在，苏州也有顾绣出品，而人们对于上海的老牌顾绣，反似不甚注意了。

二 顾振海墨

顾斗英字仲韩，号振海，是顾名世的儿子，能诗，工弈，善书画，兼精于古器图书的鉴别。平生文采风流，和华亭县的莫廷韩，并称云间二韩。

振海得有造墨的秘法，用松烟和油脑、金箔、珍珠、紫草、鱼胞等材料，合捣两万杵成墨，每一锭上印着"海上顾振海墨"六字。据他的自夸，以为他所制的，实胜于方于鲁、程君房两家。振海家本富有，所以制成的墨只送不卖，但是最多每人赠送一锭，决不肯多送。

据说，顾振海另有一种制墨，系由倭墨重新制造的，表面作松皮文，形式取圆柱状，不加款式的，尤较上述一种为妙。不幸两种制法后来都不传。

三 谈笺

《南吴旧话录》载："谈仲和，性尚精雅，尝别造笺纸题咏其上，人竞购之，至今吾郡犹遵其制，四方号曰谈笺。"笺名的出处如此。

考谈仲和名尚都，是明朝崇祯时人。少年时代尝落拓江湖，聚诸少年从事孙吴兵略，后以战功官至游击，因其短小精悍，胆力双绝，军中有"谈短"的诨号。嗣后弃官归沪，借笺业遨游于公卿间。

谈笺的造法，据称不用粉造，系取荆川连纸褶厚研光，用蜡打各色花鸟，所以坚滑极类宋纸。相传他的捣染秘法，还是祖上谈伦在天顺年做侍郎的时候，从宫中得来。仲和便应用了这种秘法，造成好几种笺纸。最好而最出名的，要算玉版、玉兰、镜面、宫笺等几种。陈眉公对于谈笺的评论，说他是妍妙精洁，在古人所造玉香冰翼两笺之上。董其昌尤极端称许，尝说，"谈笺润而绵，下笔莹而不滑，能如人意之所致"，甚至不得谈笺，不妄下笔。笺纸的受人推重如此，仲和也很足以自豪了。

谈笺的优点既多，需索的人自然不少，仲和有家僮20余人，竟至昼夜赶造，犹虞不给。忽然有一天仲和止令僮仆停工，并命将余料焚毁，还说："大丈夫岂暇与浣花女子同涉人齿牙。"这或者便是谈笺制法不传的原因。

至于后来纸店中出售的谈笺，来源多出自松江，系用他种纸张涂刷五色膏粉而成，历时稍久，粉常脱落，只可视为一种伪造品罢了。

四 濮刀

濮刀是厨房里切菜的工具，各处都有制造，但上海的濮刀，尤其名驰遐迩。考刀得名由于濮姓，所以称为濮刀。

濮名元良，清初上海土著，世居南城，善于制钢。他制售的钢具种类极多，唯有所制的切菜刀最受大众欢迎，不但钢好，并且式样也和别家制造的不同。别家所制，大都背薄有刃，利于刺而不利于割；濮元良将刀式改成背厚无刃，极便宰割批切。因此濮刀便风行一时，遗制至今不变。

五　瞿壶

在清朝道光年间，上海有一位性好古雅的瞿姓廪贡生，自出心裁，制造各式茗壶，名为月壶。因为制作精雅，字画篆刻诗题无一不妙，最适于风雅士子酒后茶余的清赏，所以大受当时欢迎，特别称它为瞿壶。当瞿壶出而问世的时候，庶乎尽人想得一壶，以为异宝，其盛可知，可惜瞿姓死后，制法不传。

考瞿姓廪贡生名应绍，字升春，号子冶，素精书画，师法南田草衣，但用笔放逸之至，并不以踏袭前人为工。晚年所画兰竹，尤为世人宝重。

模型，次在家中延请宜兴陶工多名，使用宜兴陶土照式范成茶壶，再在壶上亲自画竹题诗，更由他的友人邓符生篆刻后，寄至宜兴入窑烧炼，然后再运回上海。他一生所制的壶很是不少，并有月壶题画诗一卷行世。

上海开埠以后，搜罗古董的日本人，偶然觅到一把瞿壶，送回本国售卖，往往可卖好几十元。即此一端，可以想见瞿壶的价值。

六　铜鼎

《松江府志》说："上海有王懒轩，古色炉瓶，制皆精雅，今效之者远不及。"案王懒轩名常，明嘉靖时江右人，系中书罗龙文的儿子，因故避地来上海，改姓为王，居住在城内虹桥南。

王懒轩作的诗，写的字，都称佳妙，此外还兼能摹古，制造铜鼎尊彝一类东西。他所铸造的铜鼎，都成三足式，有方耳，腹大的可容一升，小的只容五合许。鼎面的文，有云、有雷、有饕餮，概不烧斑染色，质淡的好像初柳，浓的仿佛熟杏，人们都称为老黄铜。鼎上就是不加款识，一般识货的人也能够辨别出来。

懒轩制的鼎，古朴精雅，宜于陈列在间窗静几的幽雅场所，供给人们清赏，所以他的铸品极受时人宝重。不过他的铸法，从没有传授过别人，因此后来虽有人仿效，总没有成功。

七　银器

清张善六名肇周，人们都称他为张六官，他本是外科医生，但又善于制造银器，买到他制品的人，以为货品的精致，可与元代的嘉兴朱碧山和平江的谢君和相匹敌。

六官所制的酒器和指环等物，工巧每非人意所及，所以每一器出，人们都不惜出重价争购。相传他制的百舌笼的钩子，每一具需要朱提银1斤，而本质还是白铜的。就这一点上看，可见六官的制品，在当时是怎样地受人们推重了。但是他的生性异常孤僻，绝对不受任何人促迫，颇有王右丞画山水的气概，不肯粗制滥造，敷衍应酬。这或者也是受人推重的一端吧！

八　锡器

五金之中，锡最柔软，做成器具以后，也最不耐久，清代上海高桥镇有一个姓叶的锡工，得有制造锡器的秘法，他自己夸说，他的制品可以经好几百年不坏。因为没有事实证明，他的话并不受人重视。

后来恰好遇到有人请他制造酒壶两把，他费了一个多月时期，才做成了一把。人家便催促他，请他赶快做成，好供使用，他就说："要快不难，就是两三天工夫也可以完成一把的。"但是当第二把造成以后，叶锡工便请了壶主人来，一面将两把酒壶并列放在桌上，拂令坠地，速成的一把竟是破碎了，而先前所造的一把居然丝毫无损。从此当场试验过后，叶锡工的名居然大噪，叶锡工所做的锡器，也大为社会重视了。

九　宋嵌

用金银丝嵌在乌铜和铁器上面，本是宋代的遗制，所以名为宋嵌。在清朝时，上海有紫梨笔筒、界方、香盘和砚匣等，用银丝嵌成回文边或香草边，中作八分小篆铭赞，精雅工致，价值极贵，一般人也都称为宋嵌。实则这种制法，是松江人孙克宏（字雪居）创造出来的，不过一时文人名士相率仿效，而上海所制，尤其极精巧的能事罢了。

秦荣光《上海县竹枝词》："回文小篆八分书，创嵌银丝孙雪居。吾邑有人传得法，笔筒砚匣价玙璠。"可见创造的虽非上海人，而确是当时上海的一种高贵名产。

十　鸽铃

鸽铃可以说是一件小玩意，不登大雅之堂，不该放入名产之列。可是上海曾经产过制作极精细的出品，而且价值的昂贵，也是空前未有，所以还值得一说。

大约在清朝嘉庆道光年间，有一位姓康号镇卿的艺术家，忽发奇想，制造了许多精巧而又奢侈的鸽铃。他用紫檀或粗大鹅毛作铃管，刻象牙板作簧，每一管上不但刻着款识，并且还题了名称，如晴雷、九天环佩等，都是他手制的铃名。在生活程度低廉的当时每一具康制鸽铃，竟要值大钱一万。

康镇卿名绶，善作小楷，兼精写真，是一位有名于时的艺术家，制造鸽铃只不过是他的一种余技罢了。

十一　宝真膏

清初，南门外居民有一位名叫姜廷九的，存心极为慈善。他常常想到一般贫苦的人们，一旦患病，往往无力延医买药，无法脱离苦海。因此，他便叫子弟学医，开设药店，以便对于贫病的人，得有施医给药的机会。他的第3个儿子，名世耀，字宾远，后来遇到一个老人，传给他一张配制药膏的秘方，按穴贴用，得以祛除寒淫。姜宾远照法修合起来，果然灵效无比。他遵守着先人的垂戒，不论药本怎样昂贵，从不加价，所以姜氏宝真膏（一作宝珍膏）的信用，几乎有口皆碑，一直到现在，子孙仍得世食其利。

据《沪城备考》的记载，姜氏宝真膏在东北州郡尤见灵验，每岁销售于那几省的常有好几万以上。因此，东北商人到沪采办货物，多视宝真膏为奇货，宁可别种货物少办，姜氏药膏务必尽量捆载。在交通状况不发达的前代，东北商贩陆路多取道苏州北上，由于运销宝真膏的众多，浒墅关的关吏，甚至特地规定出税额，其盛可知。

十二　水蜜桃

上海所产的桃，种类不一，有五月桃、鹰嘴桃、半斤桃等名色。另有鲜桃一种，《松江府志》谓"如以绛纱里甘露"，已尽称道的能事。但顾氏露香园和黄泥墙所产的水蜜桃，皮薄汁甜，入口即化，绝无一点酸味，尤为桃中上品。露香园桃种中，有名雷震红的一种，每过一次雷雨，辄生小红晕一点，其味更非他种桃所可同日而语，说见张所望《阅耕余录》惜种已不传。

水蜜桃花系单瓣，颜色亦较他种桃花为淡，实并不甚大，熟后微带黄色，但润泽可爱。水蜜桃树例于秋分时削枝接种，必须经过五年以后，结成的桃实才得佳妙，不过易受虫蛀，大约最久只是七八年时期，就衰退了。向在城西一带称为真种，设使迁种别处，滋味便见减色。

露香园桃种，据张鸣鹤《谷水旧闻》所记，说是出在大同。相传昔有中丞某氏，偶然尝着露香园水蜜桃的美味，便无限度地向上海县需索起来，县官为巴结上司起见，也每年进献数万枚，后来中丞的幼子竟因食桃而得虫疾，终至夭死。当时每逢桃实将熟，恒以官票封园，不准任意采摘，而一般奸胥猾吏又多借此高抬价格，出售渔利，所以在露香园桃树最盛的时代，一桃的代价也非百钱不办，平常的老百姓当然是享受不到的。

自从露香园荒废以后，南门外望达桥沿黄浦迤西一带的地方，种植桃树的事业渐见发达，花时桃红十里，掩映于烟波帆影之间，最称三春雅观。桃熟时购买的人络绎成市，利息实较种谷为优，乡民也称为一熟。不过这一种南门桃，色样虽比了旧种进步，味道是相差远甚。近来植桃区域已移至龙华以南，所以街头巷尾，只听得小贩喊龙华水蜜桃的叫卖声音了。

十三　萧梅

上海西北旧有梅源市，明王坊植梅树数千株于此。每当早春花开，真是晴雪千村，暗香十里，游人往往比之于苏台邓尉，一时称为邑中胜境。但是这一处所结的梅实，并没有什么特点，只是一种平常的果品罢了。在浦东沈庄的萧氏废园中，有几株异种的梅树，所开的花不见得和普通的梅花异样，不过所结的子确是大过常梅。因为出产在萧姓的园里面，所以俗称萧梅，别名也叫作雪梅。

萧梅的颜色是淡如水翠，萧梅的性质是着物便碎，萧梅的风味是甘脆鲜洁，入口便化。所以采取的时候，不能让它坠到地上，一碰到地，就立即粉碎了。这一种梅子因为出产很少，自然很觉珍贵，但是价值却不十分高。

自清雍正二年析上海县长人乡置南汇县后，沈庄已划归南汇隶属，从此萧梅也就不能视为上海的特产了。

十四　李氏牡丹

牡丹自宋朝以来，始盛栽于吴下，而清代乾嘉间法华镇李氏纵溪园所植，异种尤多，为云间一群之冠。相传其种来自洛阳，每年在八九月间，剪取小枝接于芍药，更取本地土壤培植，便可繁茂艳丽，倘取别处土壤栽种，虽花不荣。因法华镇的土壤，适宜于牡丹的生长，所以法华一乡种植极多，一时竟有小洛阳的称号。

纵溪园是贡生李炎的产业，园内有水亭花榭，布置颇称佳胜。他所栽的牡丹，五色间出，每本只着一花，而大如盘盂，一花须值万钱。当花开的时节，游赏的人远近咸来，园主人也时常延请当道和缙绅，张筵欣赏。园内所植的牡丹，细品有瑶池春晓、平分秋色、太真晚妆、燕雀同春、绿蝴蝶、猩红娇、泼墨紫、范阳红、清河白、雪塔、祁绿、姚黄、紫磬及霞光等数十种，而紫金球和碧玉带两种，尤为名贵。

园在道光年间拆毁后，当地居人仍有栽花贩卖为业的，但仅淡红深紫两种，价值也就极贱。近来种花的人固然寥落无存，就是花也不易在法华乡里看到了。

十五　潘家白

"菊花上海最名闻，粗细园中两种分。一种独推城里有，潘家白品贵超群。"这是秦荣光咏上海菊花的一首竹枝词。据他自己注释，引《松江府志·学圃杂疏》条说："菊至上海，变态极矣。有长丈余者，有花大如碗者，有作异色两色者，皆名粗种。各色剪绒、各色幢、各色西施、各色狼牙，谓之细种，极贵。"又说，潘家白是上海一邑的专产。

考潘家白是一种白色带绿晕，瓣簇如球的菊花。至于从什么时候起源，从潘家哪一位栽培而出名，还须留待以后再考。

十六　顾菜

上海出产一种细茎扁心叶细如蒿的芥菜，名为银丝芥，亦名佛手芥。这一种芥多在秋季下种，冬季食用，味极辛芳，本地人每将它制成菹供岁首辛盘，俗称芥辣。在明代露香园顾氏别有制菹妙法，能够经年不变味，因此世人盛称顾菜。后来顾氏制法，大家争相仿效，顾菜也就不能独自称珍了。

王韬所著的《瀛壖杂志》里，载着有一段顾菜的制法：先要将芥菜寸寸切断，再和醯酱入煮，不可使熟，然后贮于瓮内，过一两日后取出供食，便成为俗称的芥辣了。王韬又说：这一种东西，味道芳烈，在酸咸以外别有异趣，真是江乡一种佳品。

府志和县志都说：银丝芥是上海的特产，倘然移到别地方种植，多不能荣盛。所以这一种芥大都出产在上海及其附近。

十七　丁娘子布

在旧日手工织布业发达时代，上海三林塘一带出产一种极细的棉纱布，名为飞花布，亦称丁娘子布。这一种布的起源，由于松江府东门外双庙桥地方，曾经有过一位善于织布的丁氏妇人而得名。凡是经她所弹的棉花，片片飞起，异常纯熟，收集了这样所得的飞花，织成布匹，恒较别人织的来得精细软熟，所以当时候便出名为丁娘子布。三林塘本是布业极发达的区域，因此也有同样品质的布出产。

《松江诗钞》说："丁娘子善织布，相传墓在西郊外，今无有能指其处者。"上海人曹树翘的《织布行》一首诗里有"斜飞九寸出油墩，娘子道婆重沪邑"两句。关于丁娘子的一切，作者所知道的只此而已，连她生长的时代，也竟无法考究出来。

老上海十二个月的行事

蒯世勋

正月

在融融的守岁烛光之中，旧年悄悄地溜走，新年的轻步走入了人间。在人们的渴望中，鸡在这儿那儿发出了嘹亮的报晓的啼声。围炉守岁的人们，这才收拾起期待的心情，投入了新的兴奋之中。别的一些人，本来只蒙眬地睡着觉的，也都被鸡鸣声唤醒，真真地置身于美丽的梦境之中了。老上海的人们，男的女的，老的少的，都在心中充满了希望，想着："啊，元旦到了！元旦到了！"

听啊，谁家已经开门，燃放起爆竹来了？接着，——您再听啊！——有多少人家都燃放着爆竹了？远远近近，先先后后，爆竹是响遍了老上海了！

家家都忙了起来。人人都把衣冠穿戴得那么整整齐齐，端端正正。先得虔虔诚诚地燃起蜡烛，点好线香，献贡出隔年预备好的茶果和新煮的粉圆，依着长幼的辈分，拜过天地，又拜过家庙，然后小辈向尊长"拜年"。这"拜年"，在十二三岁以内的孩子们，是不仅可以表现自己的知礼懂事的程度，借此博得若干口头的称赞，还有实实惠惠的"压岁钱"可拿哩！长辈们隔年用红绳穿好的这一串串"压岁钱"，每一个钱都曾经过精密的选择，不仅轮廓完美，而且肉地厚，大小均匀，还不够使孩子们乐极么？

正午时分起，街上渐渐热闹起来了。轿子啦，行人啦，来来往往，着实不少他们已经开始向邻里"贺年"了，可并不一定都真是见了面，拱拱手，道贺几声的，大概不过在人家闭着的门前，投进一张梅红色的名片罢了。若问何以见得，这里有诗为证：

> 满城裙屐此匆匆，
> 宾主循环一例同。
> 卓午出门归路晚，
> 绕阶名纸拾梅红。

（张春华《沪城岁事衢歌》）

这样的邻里交贺，要三四天才完毕。

新出嫁的女儿，到年初三才回娘家去拜年，可是不宿夜，当天便得回到夫家，因为俗语说得好，叫做"正月不空房"。

从初一到初三，家家都禁止室内扫除。孩子们都打敲鼓锣，乐个尽致。

立春上一日，摆起彩仗，到东城外去迎春，城中人都出城去"看春"。一到立春的时刻，便祭芒神啦，鞭土牛啦，热闹个不了。设春宴啦，尝春饼啦，生菜做成的春盘啦，那口福可也不小。

初四日，街上巷里，凭空多了许多鱼担子，都是卖新鲜活泼的鲤鱼。原来老上海接起财神来，必须要用鲜鲤鱼，越活泼的越好；因为"鲤"跟"利"声音相近，称为"元宝鱼"，以元宝鱼接财神，当然再适当也没有了。于是有些人想出"花样"，用红丝扣了鱼鳍，一家家地来"送"，称为"送元宝"，名义比较好听，实际也可比较多得点好处的吧。等到一交初五子时，接财神的仪式便开始举行起来，爆竹之声，一直要响到天明。这真是所谓：

> 拜年未了接财神，
>
> 爆竹通宵闹比邻。
>
> 鲤尾羊头增价倍，
>
> 哪知穷汉甑生尘！

（秦荣光《上海县竹枝词》）

另一方面，在亲友连日招饮的所谓"年酒"之外，人们还在接财神这一天吃"财神酒"哩。

各业相继着演起戏来，称为"年规戏"。豫园里的热闹，是到了极点。人们在新年的忙碌之中，"相约破工夫，早到庙楼，日日有年规"（张春华句）。

到了正月十三日，家人在炊前，用糯米或珍珠米投入煮沸的镬水中去，占卜一下这一年的"流年"可好；如果投下去的东西开了花又碎为粉末，那便是大吉大利的先兆，称为"卜流花"，俗名"爆孛娄"。

正月十五日，元宵，是热闹到无以复加的程度。吃着作为"节食"的"珍珠圆"啦，接回隔年送上天去的灶神啦，妇女们邀请厕姑（或称紫姑）来问吉凶啦，这些虽是家家都做的事，然而真的热闹还不在家门之内，而在街头田间。

去看一看元宵的灯市罢！家家人家的门口都挂起了灯来，有鳌山灯、走马灯、荷花灯、荠菜灯，种种灯样，争美斗亮。大街上，还有用竹柏结盖的灯棚。黄浦江边，船桅上也都点起了灯。寺院前面，扎成塔形的竹竿，作为灯架，这称为"塔燎"。城外的农人，大家在竹竿的梢头挂起灯来，这寓有特别的意思，称为"望田灯"。

您也许会说：难道便只有这一些热闹么，在这老上海的元宵佳节？我说，请别急，俗语道"好戏在后头"。是的，还有烟火，这烟火是非常盛的。西园里格外"出色"。假山上，特别是高的地方，不知道有多少人在那里放，放的地点可一点不固定，叫看的人无法预知，只能让自己的眼睛碰运气，来不及东张还是西望，大家嘻开了嘴尽笑，尽喝彩。

而最不该叫人忘去的，也许是"龙灯"。人们用竹扎成一个个圆形的笼似的东西，糊了纸，画好鳞甲，有头有尾，下面各接以柄，上面用布连了起来，俨然是一条龙的样子。年轻力壮的人，举龙旋舞于街头巷尾。龙前面，则有灯牌为导，灯牌上写些"五谷丰登"啦，"官清民乐"啦，这一类好听的话儿。另外的人，却编扎好非常大的球，中间也像灯一样点起了火，这叫做"滚灯"。滚灯遇到了龙灯，可就成为"狭路相逢"，非斗不可，因为"龙"需要"珠"，而"珠"当然不肯给"龙"要去。这一场恶斗称为"龙抢珠"。

那么看灯看烟火，要一直闹到了天明。十六日的深夜，有些人家，大概城内便不大普遍的，要坐在床沿上用芝麻裹馄饨，名为"包蚤虱"，想来因为芝麻形似蚤虱，所以要叫芝麻做替身，包起来之后可以不再出现。说起馄饨，元宵除了以"珍珠圆"为正式节食以外，也裹肉馄饨的，不过馄饨可不能祀灶神，俗语说得好："颠颠倒倒，馄饨献灶。"

二十左右，师塾都开馆了。新年的景象，这才逐渐成为过去。二十四日，有风，名"落灯风"；"塔灯"也卸落了。

二十七日相传是三官菩萨的生日，三官堂里是挤满了善男信女。乡下人也都赶到，买了些木器才回去。

二月

二月十二日是"花朝"，俗称"百花生日"。这也是老上海很热闹的日子。花木上都系了五色的绸，这可不必细说，我们还有"花神灯"哩。这"花神灯"俗称"凉伞灯"。有些"雅士"之流，往往以为元宵的灯市太俗，"无可观"，可是对于"凉伞灯"却赞不绝口。"凉伞灯"大概都是六角形的，间或也有圆形的，上面镂刻着人物、花卉、珍禽、异兽，看起来细于茧丝，实际却不过用土产"谈笺"这一种纸头做的；而灯的缨珞须带，也无不精妙异常，与灯相配。"出灯"时，用十番锣鼓，又有纸扎花枝花篮，系细腰鼓，采采花女，杂逐而歌，后面还有"台阁"，上面坐着穿五颜六色衣服的孩子。

二月十九日相传是观音大士的生日，烧香的人又得忙一天，沉香阁同善堂是格外热闹。

春天的景色渐见浓厚。老上海的孩子们，忙着放起纸鸢来了。到了夜里，纸鸢上挂起了灯，其中还有飞炮流星百寿灯等，有光有声，煞是有趣。

三月

三月，桃花开了。老上海的人们忙着看桃花。到西城名为"大境"的城楼上，去眺望桃花如锦的人，特别的多。有的兴致更好，索性赶到南城外三里多路的俗称"望大桥"的望塔桥去，因为那里遍种桃花杂树，人称"小西湖"的。

除了看桃花之外，三月也是一个忙月。首先，自然是清明节。清明节须祀先扫墓。新丧的，必于清明日设祭，老坟则或有先后，但总不出前七后八，俗称"前七后八，阴司放假"，过早过迟都不会灵。扫墓烧化的纸箔，盛在草坛之中，坛形如瓮、圆、方、六角、大小不一。凡扫过的坟，都以竹悬纸钱，插坟上，名为"标墓"。

清明日还有祭邑厉台的仪式。上一天先由县官行文给城隍神，城隍神便在那一天到邑厉台去赈济各义坟幽孤，到晚上才用彩灯去迎接回庙。仗卫整肃，邑人执香花拥导者甚众，与从骈集，常四五里。这种为"祭台会"；因为七月十五日和十月初一日有同样的会，一年共有三次，所以又名"三巡会"。

三月十五日龙华寺香泛极盛。至晚多风雨，名"龙华暴"。二十三日天后生日，东门外搭灯棚，遍悬灯彩；到二十八日灯彩移进城内，因为这一天又是城隍夫人生日了。人们日夜游观，前后差不多有十天的样子。

四月

立夏日进新麦于城隍。正午悬秤，合一家老小，记其轻重，说是可免暑天啾唧，即不"疰夏"。人们吃草头摊栖、酒酿、梅子、樱桃。草头摊栖是用金花头和入米粉煎成，味甚香脆云。又取麦穗磨之，粘如蚕，名"麦蚕"，给小儿吃了，可不"疰夏"。

四月八日释迦降生日，群称"大佛诞"，各寺作"浴佛会"。静安寺香市最盛，城内则推广福寺。

四月十四日吕纯阳生日，致祭。

四月是农事方面非常重要的月份，所以有许多关于天时喜忌，不妨附记于此。四日为稻熟日，喜晴。八日雨则伤小麦。十六日夜忌阴黑，语云："此夜乌鹿秃，西乡村子绕田哭。"是怕多雨水的意思。又云："四月十六亮悠悠，鲤鱼游到灶前头。"二十一喜雨忌虹，语云："二十分龙念一雨，破车阁在弄堂里；二十分龙念一鲞，拔起黄秧便种豆。"

五月

五月五日，贴门符。亲邻以粽子枇杷相赠。午时，缚艾人，采药物，吃粽子，饮菖蒲雄黄酒。小孩子们以雄黄抹额上，以彩丝缚大蒜，系于胸前，为辟邪之用，女人以色绸制成人形，插发髻上，名曰"健人"。黄浦江中则龙舟竞渡，《上海县竹枝词》云：

鼓角声中焕彩游，
浦江午日闹龙舟。

红儿绿女沿滩看，

看客多登丹凤楼。

丹凤楼是东北角上的城楼，即"万军台"。

夏至，祀先。夏至至立秋，逢四祭灶。

十三日为关帝生日，致祭。俗以竹为弓矢，以纸为鞲，挂于神座，说是为小儿解将军剪，易养易长。有雨，为"磨刀水"，可去疫疠，但不利农事，语云："五月念三落了麻花雨，红粉娇娘出踏车。"

六月

六月六日天贶节，晒书帙、衣裘。城隍庙有晒袍会，由全邑衣匠为之。涤器于河。食馄饨，所以免"疰夏"。

六月十九日，又逢观音生日，这一天是观音生日中最盛的。二十三日火神生日，致祭。二十四日雷祖生日，香火以丹凤楼下名为"小穹窿"的雷祖殿为最盛。

又，关于天时，六月初一日雨，主旱。初二三日雨，主雨。小暑日雷，亦主雨，所谓"小暑一声雷，倒转做黄霉"。三伏宜大热，否则"六月不热，五谷不结"。

七月

七月七日晚上，陈瓜果，作乞巧会。妇女以凤仙花汁染指甲，向月下穿针。

七月十五日举行盂兰盆会，放水陆莲花。家祭多以素食，说是祖先亦当去看盂兰盆会的缘故。城隍举行"三巡会"。

二十七日，三官菩萨诞日，进香。

三十日是地藏王生日，俗称大月开眼，小月不开眼。夜间街衢遍燃炬烛，插棒香，名为"地灯"。考究的人家，且剪纸作莲花布地，或以茜草心编为花篮瓶盆等等。

八月

八月初一日，黎明拂花枝露水，以古墨研匀，取净笔蘸墨，点小儿太阳穴及四肢诸穴，名曰"天灸，可免百病云"。

八月十五日中秋，烧香斗；吃月饼梨藕等，亦馈送亲戚；赏月，妇女夜游谓之"踏月"。烧香斗，向以南园为最盛。

十八日俗称潮生日，浦口观潮最盛。《上海县竹枝词》云：

十八潮头最壮观，
观潮第一浦江滩。
银涛万叠如山涌，
两岸花飞卷雪湍。

明顾或亦有竹枝词云：

南跄东边水接天，
鼋鼍出没蜃楼连。
柴客鱼商休早发，

大泛潮头要覆船。

二十四日，以新稻做粉圆祀灶。

九月

九月九日重阳节，蒸重阳糕粽，以五色纸旗供神佛，祀先。对菊尝新酒，或遨游寺阁曰登高。丹凤楼有奎宿阁，耸立三层，远眺及数里，故登高于此者最多。

十九日，观音生日，进香。

十月

十月初一日，俗呼十月朝，祀先，祭扫新坟。开炉做饼，献于家祠，故亦称炉节。城隍出巡。

立冬起五风信，五日一风；有雨，名"湿五风。"

二十七日，三官菩萨生日，进香。

十一月

"冬至大于年"。冬至前一夜，有"冬除夕"之称。做花糕粉圆祀先。亲朋冠带相贺，名"分冬酒"，热闹仅比元旦稍差。

十二月

十二月八日，各寺和尚备豆糜杂榛菱枣栗于中，名曰"腊八粥"。尼姑先期煮糯米，风干之，倍大于米粒，名曰"兜凑"，以馈檀施，博厚赏。《上海县竹枝词》云：

> 庵寺僧徒日打斋，
> 粥分腊八按门排。
> 干菱炒栗兼兜凑，
> 更有阇尼送满街。

十五日以后，大家已经预备以"年礼"相馈赠了。二十日左右，官署封印，师塾"散学"，老上海于是急转直下地现出残年的急景来了。

二十四日"送灶"，用酒果粉圆，又恐灶神到天上去说出人们的过失，所以另用糖和茨菇，糖做元宝形，俗称"廿四糖"，为胶住灶神牙齿之用；茨菇音近'是个'（是的），意在请说好话。这真是：

> 柏子冬青插遍檐，
> 灶神酒果送朝天。
> 胶牙买得糖元宝，
> 更荐茨菇免奏愆。

（《上海县竹枝词》）

二十五日俗谓诸佛下降，扫屋尘，称为"除残"。合家吃赤豆粥，出外的家人亦必如数留出，说是可以辟瘟，无非祈祝全家人口安全的意思。

从十五日以后，一直到除夕，先后不一，有"做年"的仪节。做年时，祭祀祖先，祭祀毕，全家团坐宴乐，名为"合家欢"，也称"吃年夜饭"。

一到除夕，供祖先遗像，像前陈果品，名为"斋真"。室内用灰散地上，画出弓矢戈矛等形象，足以"辟邪"，又取冬青柏枝芝麻梗等物插在檐前，取其冬夏常青，含有期望康健的意思。门上更换门神、桃符，贴春联，无非寓辟邪和除旧更新之意。锣鼓敲了起来，爆竹也放了起来。各室均点灯，名"照虚耗"。农人以长竹竿缚稻草，燃照田地，名为"照田蚕"。有词云：

> 锣鼓年除夜闹街，
> 照田蚕烛列村排。
> 抱儿有个贫家妇，
> 此夕还忙手做鞋。

俗语也说：

> 年三十夜敲锣鼓，
> 不晓得穷爷苦不苦！

有井的人家，须备神马，设酒果，置井栏上，祀井神，称为"封井"；既封之后，不再汲水，要到新正三日再开的了。

炒白豆分食，乡邻互擎炒豆，迎而相投，一边吃，一边祈祷，这叫做"凑投"（"投"去声），又名"兜凑"。

商家忙着讨账，那么照了字号灯笼，奔来跑去地寻找账户。鞋帽店一直要开到天明，因为特别忙碌的店伙，要到那时候，才能得到购置一顶新帽，添买一双新鞋的闲暇的。

新娘须于夜半，捧红毛毯向翁姑及其他尊长行礼，名为"辞岁"。尊长赏幼者以"压岁钱"。有终夜不睡觉的，称为"守岁"。

人们忙过了旧年，又在等待忙的新年了。